人人都应该拥有回忆录

——回忆录写作实操指南

栗刚
刘雪梅
/著

HUI YI LU
XIE ZUO
SHI CAO ZHI NAN

山西出版传媒集团
山西人民出版社

图书在版编目（CIP）数据

人人都应该拥有回忆录：回忆录写作实操指南 / 栗刚，刘雪梅著 . —太原：山西人民出版社，2024. 8.
ISBN 978-7-203-13434-3

Ⅰ. I055-62

中国国家版本馆 CIP 数据核字第 2024NW8489 号

人人都应该拥有回忆录：回忆录写作实操指南

著　　者	栗　刚　刘雪梅
责任编辑	贾　娟
复　　审	李　鑫
终　　审	梁晋华
封面设计	蒋凯瑞
特约策划	乐编乐读
出 版 者	山西出版传媒集团 · 山西人民出版社
地　　址	太原市建设南路 21 号
邮　　编	030012
发行营销	0351－4922220　4955996　4956039　4922127（传真）
天猫官网	https://sxrmcbs.tmall.com　电话：0351－4922159
E － mail	sxskcb@163.com　　发行部
	sxskcb@126.com　　总编室
网　　址	www.sxskcb.com
经 销 者	山西出版传媒集团 · 山西人民出版社
承 印 厂	北京联合互通彩色印刷有限公司
开　　本	880mm × 1230mm　　1/32
印　　张	5.125
字　　数	162 千字
版　　次	2024 年 8 月　　第 1 版
印　　次	2024 年 8 月　　第 1 次印刷
书　　号	ISBN 978-7-203-13434-3
定　　价	48.00 元

前言

博尔赫斯说，人死了，就像水消失在水中。每个人，都无法避免一个事实，那就是我们终将死去。2017年，父亲的离世让我第一次接触到至亲的死亡。当时，他因为尿毒症，已经做了两年的透析，他死在了透析的病床上。我看着他静静地躺在那里，表情平静，只是已经无法用任何方式和我进行交流，身体早就冰冷。其实在他最后那两年，我们已经很难进行完整的交流，他的大脑退化了很多，有时候他不说话，就笑嘻嘻地看着我们。可是，那时他是活在我们的世界里的，我们能感受他的体温，看到他的笑容，闻到他的体味，而当他真的离我们而去，变成了一堆骨灰，我才第一次理解了一个人的死亡，对于他的至亲至爱意味着什么。

父亲死后，我很少见到母亲笑，我试着带她出去旅游，下了班就跑回去陪她聊天，可她总是神情落寞，聊天的内容也大多是父亲在世时的一些事情。两年后，她也离开了我，直到母亲离开，她也没能走出父亲去世的阴影。而我，变成了一个孤儿，一个孤魂野鬼，虽然我已经四十多岁，早已成人，也有了自己的家庭，可我依然觉得无依无靠，逢年过节，我习惯性地往父母居住的小巷子走去，走到半路，才发现那里早已没有了我的亲人，也看不到熟悉的身影了。

那段时间，我经常会整理他们的遗物，翻看早年父亲写给我的信，翻看早期的相册，从那些文字和相片里，回味着过去，回味着他们曾经和我生活的点滴。我忽然发现，他们留给我，可供我追思的东西太少了，我只能通过眼前少得可怜的信件或者照片，想起过去的一些片段，而记忆其实并不太靠谱，我真的不知道我父母的一生是怎么度过的，他们经历了什么？在经历那些事的时候，他们在想些什么？他们在人生的某些阶段，是否做过艰难的选择？如果他们仍然在世，他们会给我的生活什么样的忠告和建议？留在我脑子里的疑问太多了，可是这些问题，已经永远无法有答案，这时，有一个念头突然从我的脑海中冒了出来，如果他们能给我留下一本回忆录该多好。

一年之后，我和我的伙伴们聊到中国的老年人教育市场，聊到了针对老年人的兴趣教学，比如，钢琴、声乐、舞蹈、国画，等等，也聊到了针对老年人文化教育的缺失。这时候我的脑子里闪回到了我当时整理父母遗物时的情形，一个想法立刻在我的脑海里产生了，我想做这样的一件事情，去帮助老年朋友们，完成一本属于自己的回忆录。

这是一件我从来没有做过的事情。经过了一段时间的调研之后，我发现在中国，这也是一件没有人在做的事情。我们没有找到可供借鉴和参考的先例，我和很多高校的教授进行交谈，他们非常支持我这个想法，不过遗憾的是，从课程的角度，他们也不能给我提供更多的帮助，因为，针对回忆录这样一个非常具体的文学体裁，没有任何一所高校开办过这样专门、系统的课程。

但这些困难都没有击倒我，因为我在这之前，做了大量的市场调研，分别从线上和线下，找了5000个不同年龄、不同经历的老年人做了问卷调研，调研的内容很简单，就两个核心问题：一是你想不想去写一本回忆录；二是你认为自己能不能写出一本回忆录。两个问题呈现了截然不同的结果，92.5%的被调查者都想拥有一本回忆录，想把自己的一生记录下来。可是，同时，这些调查者里面，有94%的老年朋友，完全不知道应该如何去写这样的一本书，这导致写回忆录的想法只是曾经在他们脑海里浮现过，大多数人没有做过。

但是，这样的结果已经给了我足够的信心去做这件事情，我已经知道，对于大多数老年人来讲，他们愿意给后代留下自己的人生轨迹和人生经验，他们希望给自己平凡的一生留下纪念和思考，只是，他们没有方法，没有人帮助他们去完成这个梦想。于是，这个项目的目标——也就是我们的初心，在这个调研过程中，变得越来越清晰，那就是，帮助每一个中老年人，去拥有一本属于自己的回忆录。

要不要做的问题解决以后，第二个问题就是能不能做。我思考的一个核心点就是，如果作为一个没有任何文学基础的普通大众，能不能够去创作这样的一本书呢？

一本回忆录，不是一篇游记，不是一首诗歌，不是一段随想，它是一本字数要超过10万字的书籍，仅凭这一点，就足以让很多有这个梦想的老年人望而却步了，在我的体验课里面，这个问题也是被问得最多的，一个没有基础、没有天赋的人，怎么可能在短时间内成为一个拥有10万字书籍的作者呢？

回忆录的文体特点给了我答案，我发现，如果把一个人的一生，比作一列长长的火车，那么每个阶段，就是一节节车厢，而这一节节车厢，又都是可以独立存在的。也就是说，一本长达10万字的回忆录，其实是可以分解为一个个几千字的故事或者一篇篇文章的，这就大大降低了回忆录的创作门槛。通过系统的学习和锻炼，任何一个普通人，都可以写出这样一篇篇文章。当然，如果我们拿回忆录和小说做对比，也可以发现，回忆录创作门槛之所以低，还有一个原因，就是回忆录中所记录的事件、人物等素材，都是在作者的生命中真实存在的，不需要大量的虚构，这就等于你要去拍一部电影，已经有了一个完美的剧本，你只需要把你的故事，通过镜头展现出来就可以了。还有，回忆录的语言风格追求的是朴素自然、生活化的、亲切的口吻，这一点，杨绛先生的回忆录《我们仨》是一个典型的代表，杨本芬的《秋园》也是这样，这种文字风格，对于创作者而言，降低了对文字基础和词汇量的要求，也让写回忆录这件事看起来更接近普通的创作者。

经过一年多的调研、准备、课程研发，我们在2022年国庆节后开始了项目的推进，过程充实而快乐，很多人在启动项目的时候，都会规划项目的市场容量有多大，启动期有多久，盈利点在哪里。我们很少考虑这些，更多的是考虑课程怎样落地，需要什么样的服务才能帮助那些普普通通的老年人完成梦想。

2023年6月份，我忽然接到一通来自北京的电话，电话那头是一个很年轻的声音，说是中央电视台《信用中国》栏目组的，想约我做一个访谈，我一开始本能地以为是骗子，因为我们是一个小到几乎不能再小的公司，那时候也就是不到20个人的团队，怎么可能引起中国最权威的媒体——央视的注意呢?

但是这个电话，确实促成了我和董倩老师的那次访谈，董倩老师对我们做的这个项目的社会价值和历史价值给予了很高的评价和极大的肯定，这让我自己对这件事情的认知也提升了一个层次。

写这本书，主要的原因是满足学员的要求，几乎每一节课上，都会有人问我，你的回忆录写作的书在哪里才能买到?我一直没有下笔，总担心这本书写出来后能不能真正帮到读者，但是在大家一再催促下，我还是决定把我课堂上的部分内容汇集成文。虽然书籍文字的效果和在课堂上讲课的效果有着很大的区别，但是只要此书能给大家带来一些收获，哪怕能让更多的人对于回忆录增加一些认知，也就体现了它的价值了。

对于我即将要写的这本书，它应该是一本什么样的书呢?首先，它是写给每一个普通人的，这不是一本高深的文学理论类书籍，而是一本能够帮助很多可能从未有过写作经验的人，去掌握写作回忆录技能的书。在这本书里，我希望您能够明白，一本回忆录，需要前期素材选择、结构搭建、内容描写、修改打磨的具体过程和细节，我希望它更多的是一本工具书。希望这本书能够给您带来实际的收获。

目录 —•— 人人都应该拥有回忆录

CONTENTS

Memories

第一章

我们应该拥有一本什么样的回忆录

当你提起笔，或者打开电脑，准备开始写作自己的回忆录时，有一个问题，会很自然地从脑海中浮现：

我的这本回忆录，未来应该是以什么样的面貌呈现给读者的呢？可能作为一个普通人，和公众人物不同，我们的回忆录不一定出版，也许只是以一本书的形式去记录自己的过往，读者也可能仅仅是我们的家人、后辈、朋友、亲属等，但是我们依然需要考虑这本书里要记载什么，传递什么，表达什么。

这一定是我们在写作前就要搞清楚的一个问题，因为它是我们的写作方向和写作目标。如果这个目标不明确，那么过程就会变得迷茫，我们的写作会像在黑暗中摸索，你在写作的过程中也会产生这样的疑问，我为什么要写它？这种疑问可能会使你止步不前，也可能会使你半途而废。

如果想要搞清楚这个疑问，就要从回忆录的本质或者说回忆录的艺术特点说起，在这之前，我们可以先通过诗歌和小说的艺术特点和回忆录做一个对比，我们先来看下面这首诗：

离离原上草，一岁一枯荣。野火烧不尽，春风吹又生。远芳侵古道，晴翠接荒城。又送王孙去，萋萋满别情。

——白居易《赋得古原草送别》

这是唐代诗人白居易的成名作《赋得古原草送别》，我相信每个人都能背诵下来，好的，那接下来我们可以从以下几个方面进行讨论：

请问，诗人笔下描写的野草面积是多少？诗人笔下描写的野草是什么品种？是不是我们很难做出一个具体的回答，而诗人笔下的野草，也很难在我们脑中形成一个特别形象的画面，那如果我再问大家另外一个问题：这首诗表达了诗人什么样的情感？

此诗通过对古原上野草的描绘，抒发了白居易送别友人时的依依惜别之情。同样的，像“飞流直下三千尺，疑是银河落九天”这样的经典名句，我们虽然不能从诗歌中形成对于瀑布的具体的画面，但是依然能够被李白豪迈的情感所打动，这就是“表现”的力量。由此我们可以看出，诗歌的艺术特点在于“表现”而不是“重现”。

什么是“表现”呢？我们来看一下诗歌的定义：

诗歌：指用高度凝练的语言，生动形象地表达作者的情感，具有一定的节奏和韵律的文学体裁。

从这个定义里，我们也可以发现，诗歌的核心艺术特点就是意象。所谓表现，就是将作者的情感、思想、精神表达出来，如果能达到这个目的，那这就是一首艺术造诣比较高的诗歌了，读者可以再通过下面几首诗歌体会一下：

欲把西湖比西子，淡妆浓抹总相宜。

——苏轼《饮湖上初晴后雨二首·其二》

两岸猿声啼不住，轻舟已过万重山。

——李白《早发白帝城》

前不见古人，后不见来者。念天地之悠悠，独怆然而涕下。

——陈子昂《登幽州台歌》

有的读者可能会问，这些和我写回忆录有什么关系呢？不要急，只有了解了这些，才能加深我们对于回忆录的理解，明白了诗歌的艺术特点之后，我们再来看一看小说的艺术特点，然后就会回到回忆录写作本身了。

小说的定义：小说，是一种以刻画人物形象为中心，通过完整的故事情节和环境描写来反映社会现实生活的文学体裁。

从这个定义里，我们又挖掘出一个词，那就是“重现”，也可以说是“再现”。和诗歌不同的是，小说的核心艺术特点在于重现，重现的方向是什么呢？一般包括三个维度：

（1）过去的情况再次出现；

（2）客观现实状况的具体刻画或模拟；

（3）艺术上的再现。

而需要重现的具体内容则包括环境、地点、景物、人物、时代背景等叙述中需要涉及的描写元素，是否能将这些描写目标，像地图一样精准地呈现给读者，是衡量一部小说优秀与否的基本标准，我们通过一个案例来看一下，小说是怎样具体进行重现的：

我插队的时候喂过两年牛（**时代**），那是在陕北的一个小山村儿——清平湾。那儿只有黄土，不见平坦的塬地。洪水年年吞噬，塬地总在塌方，顺着沟、渠、小河，流进了黄河。从洛川再往北，全是一座座黄的山峁。树很少，少到哪座山上有几棵什么树老乡们都清楚（**环境地点重现**）。我常想，要是那一座座黄土山都是谷堆、麦垛就好喽。破老汉总是笑笑说：“那可就一股劲儿吃白馍馍了”，老汉姓白。陕北话里，“白”发“破”的音，我们都管他叫“破老汉”。破老汉只带着七八岁的小孙女“留小儿”过活。破老汉爱唱，可嗓子像破锣。大伙都说：“老汉的日子熬煎咧，人愁了才唱得好山歌。”确实，陕北的民歌多半都有一种忧伤的调子。但是，一唱起来，人就快活了。赶着牛出村，破老汉憋细了嗓子唱《走西口》："哥哥你走西口，小妹妹也难留，手拉着哥哥的手，送哥到大门口……"赶着牛回村，破老汉用镢把挑起一捆柴，一路走一路唱："崖畔上开花崖畔上红，受苦人盼着那好光景……"（人物重现）

队里再开会时，队长提议让破老汉带着我喂牛（人物关系，时代）。社员们都赞成……

——史铁生《我的遥远的清平湾》

《我的遥远的清平湾》创作于1983年（获该年度全国优秀短篇小说奖），描写了在知青下乡的蹉跎岁月中，支撑作者度过苦难的人间温暖、劳动乐趣和地方风味。在文章中，读者可以清楚地看到，作者对于时代、环境、地点、人物都做了精准的重现，让我们在脑海中勾勒出了以上元素组合成的陕北一个小山村的画面。

需要注意的是，我们在写回忆录时，由于文体特点和写作技巧方面的要求，对于时代介绍、场景介绍要比小说里的重现更加细致，也更加频繁，小说重现的细致与否，主要是叙事需要决定的，而回忆录为了增加人生故事的真实性和准确性，就需要在每个时代的阶段性的人生往事里，都要详细地进行相关的重现，我们还是通过一个案例来进行更直观的了解吧：

我出生以后，家境仍然异常艰苦。一年吃白面的次数有限，平常只能吃红高粱面饼；没有钱买盐，把盐碱地上的土扫起来，在锅里煮水，腌咸菜；什么香油，根本见不到。一年到底，就吃这种咸菜。（人物环境重现）回忆起自己的童年，眼前没有红，没有绿，只是一片灰黄。

20世纪初期的中国，刚刚推翻了清朝的统治，神州大地，一片混乱，一片黑暗。我最早的关于政治的回忆，就是"朝廷"二字。当时的乡下人管当皇帝叫作朝廷，于是“朝廷”二字就成了皇帝的别名。我总以为“朝廷”这种东西似乎不是人，而是有极大权力的玩意儿，乡下人一提到它，好像都肃然起敬，我当然更是如此。总之，当时皇威犹在，旧习未除，是大清帝国的继续，毫无万象更新之象（**时代特征**）。

我就是在这新旧交替的时刻，于1911年8月6日，生于山东省清平县（**现临清市**）的一个小村庄——官庄（**时间地点**）。当时全中国的经济形势是南方富而山东（**也包括北方其他省份**）穷。专就山东论，是东部富而西部穷。我们县在山东西部又是穷的县，我们村在穷县中是穷的村，而我们家在全村中又是穷的家（**经济环境**）。

——季羡林《季羡林自传》

这是季羡林自传的第一章《我的童年》的内容，也是全文的开端，文章中对于人物、地点、时代背景、经济背景等相关的信息做了具体、细致的交代。

现在，我们可以回到回忆录了，回忆录到底是什么？应该如何定义？

回忆录是对过往人物、历史、时代、事件、环境、城市、人文等内容的文学记录，回忆录的特点是真实、过去以及第一人称，而同时，回忆录和自传的一个核心区别在于，自传更注重记录一个人的人生故事，而回忆录在这个基础上，还要表达和传递作者的人生态度和情感观点。

所以，如果去挖掘回忆录的艺术特点，那么它会兼具诗歌和小说这两种文体的特点，也就是“重现”加“表现”，它以记人叙事为主，但是又要洋溢着浓厚的抒情气氛，需要对过去的事情、人物、环境等进行真实重现，同时要将作者的思想、观点、情感穿插其中。所以，我们也可以将回忆录的基础文体，定义为叙事散文，叙事散文 = 深刻印象（人生重点事件、性格影响关键事件、人生转折事件）+ 感慨。

现在，回到本文开始的第一个问题，聪明的读者们，我们应该明白要写出一本什么样的回忆录了吧？在回忆录中，我们要对人生的重大事件、人物、环境、时代等进行真实准确的重现，将人生的画卷呈现出来，同时，也要充分表达作者的情感、观点和人生态度，每个人的人生故事不同，写作风格也是不一样的。但是，只要达到以上两点要求，这样的回忆录就是成功的，有温度的。从这一点来说，回忆录记录了每一位普通人的人生故事，喜怒哀乐以及人生态度。

Memories

第二章

回忆录的框架搭建

亲爱的读者朋友，当你打开电脑，或者拿起笔，准备开始写作时，你是愿意在灵感的驱动下一蹴而就，还是愿意先去搭建一个文章基础骨架再去往里面填充血肉呢？其实，以上两种方法都是没有问题的，每个人的写作习惯不同，写作需求不一样，采用的方式也是不同的。诗人们游历祖国大好河山，看到眼前的美景，不由得诗兴大发，从而咏出千古名句；小说家则往往在落笔前经过大量的生活观察、资料整理、故事结构和章节规划，然后才开始进行实际内容的描写，从而完成经典名篇。

每个人的人生漫长而又短暂，伟大而又平凡，我经常会被同学问到两个截然相反的问题，有的同学会问我："我的人生如此漫长，有那么多往事和人物，我怎么才能都记录下来呢？"有的同学则说："我的人生如此平凡和琐碎，哪有什么可值得记录的事情？"这两种情况都会使我们在写回忆录的时候感觉无从着手，想要解决这个问题，需要我们把回忆录的骨架事先搭建好，一本常规的回忆录，基本上在10万字左右，如果不做任何的规划，不搭建好框架，就很难系统地去完成这样的一本书。所以，亲爱的读者，在我们正式开始写作之前，不妨先去搭建一个骨架，也就是回忆录的框架或者叫作目录，这个目录无论是对于作者还是读者而言，都是非常有益的，作用有以下几点：

（1）为作者书写回忆录框定写作的方向和范围；

（2）便于读者了解回忆录的主题和范围；

（3）便于读者了解回忆录的基本内容；

（4）便于读者通过目录检索、阅读正文。

在这里，我们需要注意的是，目录在不同时期所起的作用是不同的。在我们这本书未完成之前，目录主要是为作者服务的，目录的搭建过程，是回忆录的事件、人物的梳理过程，同时也是回忆录主题的归纳过程，而当书籍完成之后，目录的作用就主要针对读者了，可以让读者在阅读正文之前，就能够了解这本书的大致脉络、人生主线，吸引读者阅读里面的内容。

现在，我们已经明白，回忆录目录搭建的目的和作用，那么，我们应该如何去搭建回忆录的目录呢？目录搭建有四种基本形式，分别是重大事件罗列式、纪传体式、主题式、年谱式，接下来，我们就一起来了解这四种结构的搭建逻辑和方法。

一、重大事件罗列式

它是以事件为核心、以重大事件为节点、以时间先后顺序为导向的一种叙事方式。这是最常用的一种回忆录目录的搭建方式，优点是能够突出事件，也便于我们找到重要的人生事件，比如，我们所熟知的末代皇帝溥仪，在他的个人回忆录《我的前半生》中，就采用了这种目录结构：

第一章　我的家室

　　一　醇贤亲王的一生

　　二　外祖父荣禄

三　慈禧太后

四　摄政王监国

五　亲王之家

第二章　我的童年

一　登基与退位

二　帝王生活

三　母子之间

四　毓庆宫读书

五　太监

六　我的乳母

在上文的目录中，作者依据时间顺序，列出了他的帝王生活中的一件件重大的事件，比如，慈禧太后的决定、登基与退位、毓庆宫读书，等等，这都是发生在溥仪人生中的重要事件，把它们按照这种方式罗列出来，作者就可以把每个事件当作独立的故事去书写，从而降低了回忆录的写作难度。

作为一名普通的作者，在搭建自己的回忆录目录的时候，也可以采用这种结构形式：

第一章　童年记忆

一　记忆中的小山村

二　走出山村的姑娘

三　一场伤寒

四　来到了大城市

第二章　我在“文革”中度过的中学生活

一　进入中学的第一天

二　小燕子穿花衣——歌声牵动着我

三　我在 13 班二三事

四　记忆中的语文老师
五　难忘的毕业典礼
第三章　我如愿做了一名妇产科护士
一　我到妇产科第一天
二　护士生涯就此开始
三　感受生命的无常
四　迎接新生命的夜晚和黎明
五　开始学习英语
六　那一年我加入了中国共产党
七　告别妇产科

从这个目录来看，这是以普通人身份写的回忆录目录，也是按照重大事件罗列式的形式来搭建的。

写回忆录，是为了记录人生精彩的故事，也是为了纪念人生中值得记录的人物，有些作者，非常想用独立的篇章，去记录生命中非常重要的人物，这时候我们就可以采用另一种方式——纪传体的结构形式，这种形式是以人物为核心，通过记叙人物活动反映历史事件的。

二、纪传体式

中国最早的纪传体通史，是司马迁的《史记》，用“本纪”“世家”“列传”三种体例记录了历史中的皇帝、王侯、重要人物等。普通人的回忆录也可以采取这种方式，值得注意的是，对于人物的记录和塑造，我们一般在事件描写中进行展现，围绕人物写的内容可能不会太多。所以，在回忆录中，纪传体式的结构形式，往往是重大事件罗列式的一种补充，或者单独成立，单独记录，比如，

第九章　我的祖辈们
一　爷爷的传奇人生

二　奶奶和她的姐妹们

三　平凡中的智慧——我的母亲

四　父爱如山——父亲对我一生的影响

五　疾恶如仇的姑姑

在这个目录里，作者对于家族里一个个形象鲜明的人物单独列了一章，进行描写和刻画，虽然说这些人物在其他章节里已经有所提及，但是作者还是觉得刻画得不够，就单独列出了一章，进行专项描写。

我们先后了解了以事件为核心和以人物为核心的目录搭建形式，另外一种形式就是以思想、观点、言论等为核心的搭建方式，叫作主题式，这种搭建方式往往会打乱时间顺序，更适合表达思想、人文哲学等内容。

三、主题式

提到主题式，相信聪明的读者已经猜到了最早的主题式作品，没错，那就是《论语》。《论语》是春秋时期的思想家、教育家孔子的弟子及再传弟子记录孔子及其弟子言行的语录文集，较为集中地体现了孔子及儒家学派的政治主张、伦理思想、道德观念、教育原则等。我们看一下目录案例就会非常清楚了：

《论语》目录展示：

一　学而篇

二　为政篇

三　八佾篇

四　里仁篇

五　公冶长篇

六　雍也篇

七　述而篇

八　泰伯篇

九　子罕篇

十　乡党篇

十一　先进篇

四、年谱式

还有一种叫年谱式，顾名思义，就是用年、月来划分章节，用主题去限制人物，好处是可以全景地展现人物生平。

《徐志摩年谱》目录展示：

1896年（丙申，清光绪二十二年）出生

1900年（庚子，清光绪二十六年）4 岁

1901年（辛丑，清光绪二十七年）5 岁

1902年（壬寅，清光绪二十八年）6 岁

1907年（丁未，清光绪三十三年）11 岁

1910年（庚戌，清宣统二年）14 岁

1911年（辛亥，清宣统三年）15 岁

现在，我们已经初步了解了回忆录目录结构搭建的四种形式，那么，这四种结构形式的运用场景是什么呢？也就是在什么样的情况下适合用什么样的结构形式呢？我们可以从四种结构形式的特点得到以下答案：

（1）重大事件罗列式结构：不限制回忆录主题，适合所有人群；

（2）纪传体式结构：大家族，家庭成员较多，亲密好友较多的；

（3）主题式结构：想要回忆录具有时代价值、历史价值的；

（4）年谱式结构：想要回望一生，对人生进行详细记录的。

这四种结构形式，其实是可以同时出现在一个目录里面的，可以根据不同人生阶段的特点进行选择，当作者选定了结构形式以后，就可以开始结合自己的人生经历搭建回忆录目录了。如何搭建目录？目录的层级之间是什么关系？目录搭建的基本原则是什么？这是本章内容的重点部分，它将直接帮助你形成明确的思路，指导你去完成回忆录的目录搭建。

对于目录的搭建而言，我一般建议作者朋友采用三级制，这种形式结构清晰，有利于未来的内容书写。

一级目录：书名

二级目录：章名

三级目录：节名

亲爱的作者朋友们，现在你就试着给自己的回忆录起个名字吧！

关于回忆录的名字，大家可以遵循的方向有很多，可以体现职业特点，比如，《草木三秋》《医之情》。也可以体现自己的人生特点，我有一个学员给自己的回忆录起名叫作《风雨书声》，她出生于新中国成立前，从小父母就离开了她，和奶奶相依为命，一生坎坷，但是从小就喜爱读书，不管在什么样的环境下，有机会就会读书，当她完成自己的回忆录的时候，已经80岁了，所以她给自己的回忆录起了一个这样的书名。还有一位学员，之前是在国企的化验室工作，后来下岗创业，拥有了自己的化验室，后来又因为环保的原因，转行做了餐饮，做出了新的菜式，成为当地小有名气的餐饮品牌，他给自己的回忆录取名叫作《奋斗不止，创新不休》。也有表达人生感慨的，比如，《悠悠岁月》《回望》等。在这里，我想给朋友们一个建议，就是回忆录的一级目录，也就是书名，最好用“主标题+副标题”的形式来呈现，比如：

上面这本书是我的学员的回忆录，是采用了这样的方式来起的书名，这样做的好处是主标题可以用来充分发挥创作自由度，副标题可以用来解释和说明，主标题表现主题和情怀，副标题让读者明白这本书的核心内容和体裁。

接下来我们聊聊二、三级目录，也就是回忆录里章和节的设置问题。我们还是把每一章比作人生列车上的车厢，那么节就是车厢里发生的一个个故事，所以二级标题（章）的特点是时间跨度长，内容范围广。而三级标题（节）应该是尽量指向具体的人或者事，这个二、三级标题的设置逻辑很重要，虽然看似很简单，但是我们却经常容易犯错。

我们来看一个案例：

前言
第一章　求学经历
　　一　我的小学
　　二　我的初中
　　三　我的高中
　　四　我在技校中的生活
第二章　工作回眸
　　一　分配工作，进入单位
　　二　工作生涯
　　三　我的同事
　　四　工作中几件重大的事情

——《往事如歌——我的平凡人生》

这是我截取的一个学员的目录片段，一级标题是没有问题的，可是在二级标题和三级标题这个地方就出现了问题，首先看“第一章　求学经历”有没有问题？看似没有问题，可是再往下看，第一章里面的三级标题，分为“我的小学”“我的初中”“我的高中”“我的技校生活”这样四个三级标题，三级标题下边，就需要开始进行写作了，试想一下，如果让你写我的小学，你会怎么写？小学6年的学校生活，从哪里开始写，写哪些事，写哪几位老师，写哪几位同学呢？是不是有无从下笔的感觉？如果换一个标题，比如说“我小学的语文老师”“我在小学参加的第一次考试”是不是就一下子具体多了？脑海中开始浮现当时的画面，去写这样一个具体的小故事或者人物是不是就会清晰很多？所以在这个案例中，作者显然犯了标题设置的层级错误，三级标题并没有指向具体的人和事。修改的办法就是把案例中的三级标题提成二级标题，然后在下边补充三级标题，比如，这样修改一下：

第一章　我的小学

一　上学的第一天
二　影响我一生的语文老师
三　第一次迟到
四　小小运动员
五　离别小学的泪水
第二章　我的初中
——
第三章　我的高中
——
第四章　我在技校的生活
——

相信通过这两个案例的对比，大家可以理解回忆录的层级目录设置原则。当设置完一个目录以后，判断其是否合理的一个基本原则，就是它是否适合去补充正文内容，我们一定要记住，目录的搭建是为内容的创作服务的。

目录的第二个设置原则就是每个层级之间是一种包含关系，我们应该保持各级目录之间的统一性。

第三章　参军入伍
一　初识排长杨先国
二　穿上新军装
三　踏上西去军列
第四章　新兵训练
一　新兵欢迎大会
二　紧急集合
三　新兵班长刘盛荣
四　新兵考核

五　我和初恋的相识

第五章　分兵下连队

一　陆军五师的历史

二　天山脚下练兵

三　连干的鼓励

四　双喜临门

——《冷的边关　热的血——我的平凡人生》

在目录的第四章的第五节，标题是《我和初恋的相识》，但是它的上级目录是《新兵训练》，两者并不具备包含关系，虽然有可能作者初恋的故事确实发生在这一时期，但是由于主题上的差异比较大，还是应该把这一节内容从本章移除，添加到另外一个章节中。

目录的层级关系，其实从逻辑上来讲是非常清楚的，但是因为我们可能有大量的素材要做取舍，所以在实际操作中，会经常纠结，比如，我们想要详细地记录某一个人物时，做一个单独的三级目录总觉得篇幅不够，但是作为二级目录又觉得支撑不起来。又或者说在重大事件罗列式结构里，同一时间发生的事件，是完全不同的主题内容，应该怎么安排，这些就需要对每一位作者的具体情况，结合整体的目录结构进行合理的安排了，可能需要辅导老师一对一指导，有针对性地找到解决方案。

本章知识小结

一、回忆录框架搭建的四种形式：

1. 重大事件罗列式

2. 纪传体式

3. 主题式

4. 年谱式

二、回忆录目录的搭建原则：

1. 一级标题可以采用主标题 + 副标题

2. 二级标题时间跨度长，范围广

3. 三级标题要指向具体的人和事

4. 层级标题之间应该统一

练习：根据本节课的知识点，搭建一个符合层级逻辑的目录。

Memories

第三章

回忆录的序言和开头

在古代，序一般指的是一种临别赠言的文体，而我们这里谈到的序言，则是指正文内容之前的文章，也可以叫作前言或者引言。如果是作者自己写的序叫作自序，如果是请别人代写的叫作代序或者他序，序是仅次于封面的第二块招牌，一本书能不能吸引读者读下去，序言是非常关键的。

回忆录的序言应该写什么呢？首先，我们可以在序言里向读者解释创作意图或者创作原因，比如，鲁迅先生在《呐喊》的序里写道：

我在年轻时候也曾经做过许多梦，后来大半忘却了，但自己也并不以为可惜。所谓回忆者，虽说可以使人欢欣，有时也不免使人寂寞，使精神的丝缕还牵着已逝的寂寞的时光，又有什么意味呢，而我偏苦于不能全忘却，这不能全忘的一部分，到现在便成了《呐喊》的来由。

——鲁迅《呐喊》

《呐喊》是现代文学家鲁迅的短篇小说集，收录了鲁迅于1918—

1922年所作的 14 篇短篇小说，写的是从辛亥革命到五四运动时期的社会生活。鲁迅当时的心态是非常矛盾的，既对社会现状有着强烈的不满和失望，又非常希望能唤醒当时的民众，所以，才给这本小说集起名《呐喊》。

其次，我们也可以在序言里去概括全书的内容，对于回忆录而言，就是整个人生脉络的介绍，在这里我们需要注意序里的内容，不能够太概括，变成个人简历，比如，下面的这篇序：

本人×××，出身工人家庭，少年时体弱多病，读书时常受同学欺负，高考名落孙山后找工作受挫，屈就于小企业当会计，其间就读业余电大，毕业后考入公务员队伍，在审计机关从事审计工作35年，为维护国家权益做出了一定的贡献，实现了人生从平凡到不平凡的历程。

这样的一篇序，更像是简历，它可以放在封面或者封底，但是作为序的内容，显然是过于概括了。当然，即使序言里面的个人经历介绍，也不能太琐碎，只需要让你的读者能够了解你的人生经历即可。

1990年2月，组织上决定我为乡党委委员差额候选人，也就是陪选人员，选举结果显示正式候选人还比我少1票，但我离正式当选又差1票，最后宣布两位参选人双双落选。1992年11月，我被任命为镇党委委员，成了一名副科级领导干部。

在这篇序言里，作者把这样一件很具体的事情，包括具体的经过、前后原因等都做了特别详细的介绍，显然是更加适合放在正文内容里，而不是放在序言里，因为它并不能够概括整个人生经历，所以，显然是有问题的。另外，在序言里，可以表达出作者的人生观点，或者文章主题。

明白了序言里要写的内容，我们就知道怎么写自己的序了。以上两个内容都可以放在序言里，具体的比重，所占篇幅的大小，就需要作者根据自己的创作需求来把握了。接下来我们聊一聊回忆录的开头、文章的开头，从古至今的文学家都非常重视文章的开头。

元代杂剧家、散曲作家乔梦符写道："好的文章应该是'凤头，猪肚，豹尾'"。明代诗人谢榛，主张文章"起句当如爆竹，骤响易彻；结尾当如撞钟，清音有余。"李渔在《闲情偶寄》里写道："开卷之初，当以奇句夺目，使人一见而惊，不敢弃去"。一个好的开头，能给文章设置悬念，吸引读者的注意，也可以在开头直接点明主题，或者在开头对场景和人物做一定的介绍。对于作者而言，一旦开头的思路打开，这篇文章的风格也就基本确定了。同时，也非常有利于推动事情的发展，有利于行文。相信朋友们都有过类似的经验，经常一篇文章，在脑海中已经构思了很久，但就是无法开始，而一旦打开思路，则往往会洋洋洒洒，一路畅行无阻地写下去，这就是开头的妙用。

和散文、小说不同，回忆录作为一种特殊独立的文体，对开头的要求往往是比较严谨的，需要对地点、时代、核心人物、主题等尽可能做比较清晰的交代。当然也不要刻板要求，为了保证文章的自然顺畅，如果在开头交代得不够清楚，在后面的内容里填补也是可以的，但是为了保证回忆录叙述的真实性，以上这几点是必须在文章中予以交代的。

很多朋友都会陷入不知道如何开始的困境，脑海中明明有很多故事，却怎么也写不出来。有很多时候，感情越充沛，好像越表达不出来。这时候其实不妨换个角度，从某一个日常生活细节入手，慢慢切入正文中，也是很不错的，并且这样的开头可读性也很强。比如，哥伦比亚的伟大作家马尔克斯在他的经典著作《百年孤独》里的开头：

多年以后，面对行刑队，奥雷里亚诺·布恩迪亚上校将会回想起父亲带他去见识冰块的那个遥远的下午。

马尔克斯《百年孤独》这样的一个开头，从一个生活场景入手，又能够引起悬念，被称为最经典的开头之一，也影响了国内的很多著名的作家，像余华、莫言等中国当代作家都曾受到过他的影响。莫言在1984年第一次读到《百年孤独》时，大为震撼，心想，原来小说可以这么写！

那天早晨，俺公爹赵甲做梦也想不到再过七天他就要死在俺的手里；死得胜过一条忠于职守的老狗。

——莫言《檀香刑》

这是莫言在《檀香刑》里开头的第一句话，跟百年独孤的开头异曲同工，可见受马尔克斯影响之大。

杨本芬在以母亲为原型的回忆体小说《秋园》里，这样写道：

下了几天的雨，洛阳市安良街的屋檐下满是积水。一个5岁的小女孩光着脚丫，裤管卷得老高，转着圈踩水玩。水花四处飞溅，女孩一门心思戏水，母亲走近了，她还全然不知。

妇人火冒三丈道："男不男，女不女，打起个赤脚玩水，回去非得给你包脚去！"边骂边拽过女孩的胳膊带回家去。

这是1919年，女孩名叫秋园。

杨本芬的《秋园》从秋园在玩水时被母亲训斥这样一个生活场景入手，自然地把读者带入了文中，同时，也对于当时的时间、地点、人物等背景做了清楚的交代。

我们在写自己的回忆录开头时，当然也可以用这样的方式引入正文。需要注意的是，这样的生活细节描写，更注重的是场景再现。如果不方便插入背景交代的话，我们也完全可以在下面进行补充，比如，我的某个学员是这样回忆自己的母亲的：

我永远记得，那个冬日的下午，阳光透过玻璃窗，照在我家的阳台上，母亲坐在一把躺椅上，而我趴在母亲的腿上，闭着眼睛，似睡非睡，母亲一只手抚弄着我的头发，另外一只手，轻柔地掏着我的耳朵，絮絮叨叨地讲着我们4姐弟小时候的故事。

母亲是1940年生人，那时候还没解放，我的姥姥一共有九个子女，母亲排行老五，上边有4个姐姐。4个姐姐出嫁以后，姥爷就过世了，姥姥的身体也不好，母亲就一个人承担起了家庭的重担。

1968年，母亲嫁给我父亲的时候，已经28岁了，在那个年代已经算是大龄青年了，嫁过来以后，母亲又生了我们姐弟4个。

文中的第一自然段，通过记忆中母亲给我掏耳朵这样一个动作，勾起了作者对于母亲的思念。而在第二自然段里，又将母亲的身世、家庭环境等背景向读者徐徐展开，感情细腻，引人入胜。

回忆录写的是已经发生的过往，对于往事的回忆，可以是主动的，也可以是被动的，回忆录的开头也可以借鉴被动的回忆，比如，通过当下的人、景、物引发作者的联想，从而展开正文，我们称为由今思故。

茅盾文学奖获得者迟子建，在她的小说《额尔古纳河右岸》中采用了这样的方式展开描写，一位90岁的部落酋长，看到眼前的雨雪，激发了对于岁月的感慨，奠定了文章的基调。

我是雨和雪的老熟人了，我有90岁了。雨、雪看老了我，我也把它们给看老了。

如今夏季的雨越来越稀疏，冬季的雪也逐年稀薄了。它们就像我身下的已被磨得脱了毛的狍皮褥子，那些浓密的绒毛都随风而逝了，留下的是岁月的累累瘢痕。

坐在这样的褥子上，我就像守着一片碱场的猎手，可我等来的不是那些竖着美丽犄角的鹿，而是裹挟着沙尘的狂风。

迟子建《额尔古纳河右岸》这本书的本来视角是一个鄂温克族老人对自己一生的回忆，所以在文章的开头，就描写了一个迟暮的老人，看着眼前的景象，对岁月的回想和感慨，抚今追昔，徐徐展开文章正文。

无独有偶，我的一位学员，在清明时节怀念自己的母亲，也是从眼前的景象触发的思念：

雨在淅淅沥沥地下着，丝丝缕缕，缠绵不断。路旁的小水洼中不断泛起一圈圈细小的波纹，雨点滴答滴答地打在屋檐上、窗上、地上，奏出了一首动听悦耳的乐曲，那旋律恰似母亲的温柔。雨像母亲甘甜的乳汁，哺育着路旁植物的嫩芽，它们经过雨水的滋润，显得生机盎然，含苞欲放。在这春满大地万物复苏的季节，一个祭祀故人的节日——清明节正在缓缓地向我们走来。

打着伞漫无目的地在雨中走着，我偶然抬起头，便看见了树上鸟巢中那些依偎在鸟妈妈身旁的小鸟们，这不由得使我想起了母亲疲惫的身影和她那慈祥的面容。母亲虽然离开我们好多年了，但她对我们的爱犹如电影一样一幕又一幕地浮现在我的眼前，让我感到对她老人家是那样深切的思念……

清明节的雨滋润了土地，让“我”不由得联想起了母亲，树上鸟巢里的小鸟和鸟妈妈，也让“我”联想起了自己的母亲，这样的联想，自然贴切，具有很好的代入感。

回忆录写作的基本要求是记录真实，抒发情感，但是记录真实，也需要用到写作上的技巧。当我们的写作陷入僵局，不知该如何开始的时候，以上这两种开头形式，相信会给大家一些灵感。

另外，如果说在这种现在、过去之间，有一种典型性的特殊的桥梁的话，就可以将其作为回忆录的主题。当然也可以作为正文开始的一个切入点，比如，朱自清怀念父亲的叙事散文《背影》，就用了背影作为联系作者和父亲之间情感的一个纽带，所以作者以《背影》作为这篇文章的名字，并且也是通过背影而开头的："我与父亲不相见已二年余了，我最不能忘记的是他的背影。"简单直接，进入了主题。

知名歌手刘若英曾经写过文章纪念自己的公公，她是以院子里的桂花树作为情感象征的，文章的名字就叫作《今年桂花不飘香》：

从有记忆以来，家里的院子里就有一棵桂花树，每年秋天一到，整个院子就会飘起阵阵淡香味。记得小时候的一个画面就是公公（注：中国台湾省一些地方对爷爷的称呼）老爱站在树下拎着一杯水在那儿漱口，然后口里念念有词地不知道说些什么，我老以为那棵树会跟他聊天。

——刘若英《今年桂花不飘香》（《人民文摘》2013年第11期）

对于没有写作经验的朋友来说，难以开始提笔的原因，是因为自己凭着本能去写，没有具体的形式可以参考，以上这几种切入方式，相信会给你们带来一些启发。

本章知识小结

一、序的定义

二、回忆录序言里包含的内容：

1.向读者解释创作意图或者创作原因

2.概括全书的内容，对于回忆录而言，介绍人生脉络

3.表达作者观点，传递文章主题

三、开头切入的几种形式：

1.从日常生活场景入手，结合当时情感，展开正文

2.抚今追昔，通过眼前的人、景、物展开联想，进入正文

3.通过具有代表性的具有象征意义的事物，进入正文

练习：根据本节课的知识点，搭建一个符合层级逻辑的目录。

Memories

第四章

如何给回忆录确定鲜明的主题

对于任何一种文学体裁来说，主题都是至关重要的，回忆录同样也不例外。主题是文学艺术作品的中心思想，是作品思想内容的核心，主题是文章的灵魂，是统领全篇的总纲，是贯穿全文的一条红线，是组织文章的依据，也是选择题材、安排结构、运用表现手法、确定标题的依据。在文章里，内容、题材、结构、语言、表达方式等都需要为主题服务。

如果不想你的回忆录流于表面，变成就事论事的年谱，那么主题就一定要鲜明突出，主题决定了回忆录是否深刻。而这种深刻，首先源于我们对于往事的理解，回忆录里通过往事所表达的思想，永远不会超过你对往事的认知深度。我们在去回味生活、感受往事的时候，不能只停留在事物的表面，而是要从中发掘、体会、咀嚼事物内在的东西，就如冰心在她的诗集《繁星・春水》中写道：

> 成功的花，人们只惊慕她现时的明艳！然而当初她的芽儿，浸透了奋斗的泪泉，洒遍了牺牲的血雨。
>
> ——冰心《繁星・春水》

这里提醒我们，在看到明艳美丽的花朵的时候，要去挖掘背后的过程和原因，在现实中同样如此，人们往往只关注表面的辉煌，忽略了辉煌背后艰辛的付出和努力。同时，不管是事物还是人物，站在不同的视角，都会产生不同甚至截然相反的看法，如果想让主题突出，就要去挖掘背后的真相和本质。本质指的是事物的内部联系，是决定事物性质和发展趋向的东西，可以通过不停地追问，去挖掘事物的本质，比如，著名的丰田五问法：

问题一：为什么机器停了？

答案一：因为机器超载，保险丝烧断了。

问题二：为什么机器会超载？

答案二：因为轴承的润滑不足。

问题三：为什么轴承会润滑不足？

答案三：因为润滑泵失灵了。

问题四：为什么润滑泵会失灵？

答案四：因为它的轮轴耗损了。

问题五：为什么润滑泵的轮轴会耗损？

答案五：因为杂质跑到里面去了。

经过连续五次不停地问“为什么”，才找到问题的真正原因和解决的方法：机器停的原因是杂质跑到润滑泵里，需要安装过滤器来解决。这个寻找事物本质的方法是用于企业管理的，可是放在回忆录的写作上，也同样适用，在理解生活中的往事的时候，我们可以通过以下四个维度去加深：

（1）纵深：多角度、多方位思考问题，通过事件外在思考本质；

（2）横向：思考事件与时代、社会形势、社会精神的关系；

（3）时间：思考事件和历史的关系；

（4）对比：巧用个人时间对比思维。

从横向的角度，我们可以思考事件与社会时代、社会形势以及社会精神的关系，回忆录是带有强烈的时代色彩的，这种类型的作品往往非常典型，容易被那个时代（无论这个时代是当下还是过去）的人接受，产生共鸣，回忆录的事件（往事）也必须是发生在时代背景下的。我们来看一个学员的回忆录的片段：

放学的路上，我总会思考同一个问题，吃什么？虽然几乎每次的午餐都是相似的，但是依然阻止不了我对于它的想象，当然，我的想象也是有限的。

而那天，当我回到家里，发现妈妈神秘地笑着，把我拉到院子里的水井旁，在水井旁边，有一个我熟悉的铝皮大盆，而在大盆里面，赫然浸泡着几个硕大的西红柿。

那几个西红柿，晶莹剔透，红得耀眼，我把手伸进凉爽的井水里，一个个摆弄着它们，我选了一个看上去最好看，摸起来最顺手的西红柿，狠狠地咬了一口。

西红柿已经完全熟透了，所以当汁液混合着井水，充满了我的口腔的时候，我没有觉得酸，只是它独有的气味下，隐约透着香甜，菜园的肥土哺育了它，冰凉的井水升华了它。我小心翼翼地吃着，生怕西红柿汁溅出来，我一开始把皮剥开，吃里面的果肉，到最后，我连皮没剩地吃了个干净，这可是天赐的美味呢。

剩下的西红柿，妈妈切开后撒上白糖，变成了那天的午饭。我今年60岁了，可是我再也没有吃过那么好吃的西红柿了。

——《西红柿的味道》

在这段回忆录里，作者形象地记录了一次她吃西红柿的经历，这样的经历如果放在现在的时代，是无法理解的。现在，西红柿怎样也不会算作一种美食，正是因为这样的事件有了和时代的连接，才能够凸显事物背后的意义，引起读者的共鸣。

如果从纵向的角度，把事件放在历史长河中，就能够增加事件的文化底蕴和主题价值。比如，我们在回忆录中写到故乡的一些古建筑，可以去追溯和这些建筑相关的历史人文。比如，余秋雨笔下的《三峡》，就是把三峡放在历史中进行描写的：

我读此诗时不到10岁，上来第一句就误解了。“朝辞白帝彩云间”，“白帝”当然是一个人，李白一大清早与他告别。这位帝王着一身缟白的银袍，高高地站立在山石之上。他既然穿着白衣，年龄就不会很大，高个，瘦削，神情忧郁而安详，清晨的寒风舞弄着他的飘飘衣带，绚丽的朝霞烧红了天际，与他的银袍互相辉映，让人满眼都是光色流荡。他没有随从和侍卫，独自起了一个大早，诗人远行的小船即将解缆，他还在握着手细细叮咛。他的声音也像纯银一般，在这寂静的山河间飘荡回响。但他的话语很难听得清楚，好像来自另一个世界。他就住在山头的小城里，管辖着这里的丛山和碧江。

多少年后，我早已知道童年的误解是多么可笑，但当我真的坐船经过白帝城的时候，依然虔诚地抬头，寻找着银袍与彩霞。船上的广播员正吟诵着这首诗，口气激动地介绍几句，又放出了《白帝托孤》的乐曲。猛地，山水、历史、童年的幻想、生命的潜藏，全都涌成一团，把人震傻。

《白帝托孤》是京剧，说的是战败的刘备退到白帝城郁闷而死，把儿子和政事全都托付给诸葛亮。抑扬顿挫的声腔飘浮在回旋的江面上，撞在湿漉漉的山岩间，悲愤而苍凉。纯银般的声音找不到了，一时也忘却了李白的轻捷与潇洒。

我想，白帝城本来就熔铸着两种声音、两番神貌：李白与刘备，诗情与战火，豪迈与沉郁，对自然美的朝觐与对山河主宰权的争逐。它高高地矗立在群山之上，它脚下，是为这两个主题日夜争辩着的滔滔江流。

华夏河山，可以是尸横遍野的疆场，也可以是车来船往的乐土；

可以任封建权势者们把生命之火燃亮和熄灭，也可以庇佑诗人们的生命伟力纵横驰骋。可怜的白帝城多么劳累，清晨，刚刚送走了李白们的轻舟，夜晚，还得迎接刘备们的马蹄。只是，时间一长，这片山河对诗人们的庇佑力日渐减弱，他们的船楫时时搁浅，他们的衣带经常熏焦，他们由高迈走向苦吟，由苦吟走向无声。

中国，还留下几个诗人 ？

——余秋雨《三峡》

在这里，三峡已经只是一个载体了，承载了历史，承载了文化，承载了作者的穿透时光的思想。

还有一点，就是我们在不同的时期，对于同样的人和事物的看法，也会产生很大的变化，曾经让我们不能释怀的往事，时过境迁，随着心态的变化，往往变得云淡风轻，这样的变化，都可以放在回忆录的内容里。

加深对往事的理解，对于主题的塑造是非常有帮助的。优秀的主题，第一个要求就是要明显突出，主题可以让读者去体味、回味，但是一定不能让读者去猜测，我们可以做一个小练习，大家欣赏一下美国图画书作家芭芭拉·库尼的《花婆婆》，然后分析一下，能否一下就讲出来这个故事的主题。

当花婆婆还是一个名叫艾莉丝的小女孩时，常常坐在爷爷的腿上听故事。每次爷爷讲完故事，她就会说：“爷爷，我长大以后，要像你一样去很远的地方旅行。当我老了，也要像你一样住在海边。”“很好。”爷爷笑着说，“但是，你一定要记得做第三件事，做一件让世界变得更美丽的事。”

艾莉丝很快就长大了。她去了一座真正的热带小岛，还爬过雪山，走过沙漠。当她从骆驼背上摔下来以后，就在海边买了一座小房子住了下来。“对了，我答应过爷爷，要做一件让世界变得更美丽的事，但是做什么好呢？ 这世界已经够美了！”

她面对大海，不断地想着这个问题。冬去春来，她爬上山顶，发现那里开满了一大片蓝色、紫色和粉红色的鲁冰花。于是她买来一大包鲁冰花的种子，一路走一路撒，撒在了公路和乡间的小路边，撒在了教堂后面，撒在了空地和高墙下面。第二年春天，这些种子几乎同时都开花了。她终于完成了第三件事，也是最困难的一件事。

她现在已经非常老了，头发也白了，可她还在不停地种花，每年都开出更多更美丽的鲁冰花。

——芭芭拉·库尼《花婆婆》

花婆婆虽然做了三件事，可是前两件事情都是为第三件事服务的，而全文的主题也只有一个——如何让世界变得更美丽。

回忆录主题的第二个要求是要深刻，所谓深刻，跟我们在前边谈到的理解往事类似，就是能够通过现象，看到背后的本质，提出思考和启示，能更深刻地认识事物，认识事物的性质、因果和变化规律，思考时代、历史、群体、个人、岁月之间的关系和影响。

关于主题，需要注意的是，回忆录里的每一个三级目录下的文章，都是关于我们某一阶段的人生历程，一般是围绕着一个中心，表明一个主题，从材料的选择，到表现方法的运用，都要紧紧围绕这个中心，表达一个意思，文章的前后要一致，首尾要照应，自始至终贯穿着主题这根红线。在有的长篇小说里，主题之外可能会有一个副主题，但是它也是为主题服务的，并不等于说文章中有两个主题。

在回忆录中，主题的多元化，是指每一个阶段都会有一个独立的主题，但是它也是为整本回忆录的总主题服务的，因此也并不能说回忆录是多主题。

本章知识小结

一、如何加深往事的理解：

1. 纵深：多角度，多方位思考问题，通过事件外在思考本质

2. 横向：思考事件与时代、社会形势、社会精神的关系

3. 时间：思考事件和历史的关系

二、好的文章主题要求：

1. 鲜明突出

2. 深刻

3. 具有唯一性

练习：选择记忆中的某一处风景或者建筑，进行一段描写，注意它的历史价值和文化价值。

Memories

第五章

回忆录的章节结构

在前文中，我们提到过回忆录的外层结构，它指的是回忆录的故事脉络和章节安排，是回忆录的目录。而今天我们提到的结构，则是指某一个独立篇章内部的内容安排，是各部分内容之间的组织和排列的次序，比如，回忆录的主题表达，应该放在什么位置呢？是放在开头，开门见山地点明中心呢？还是应该放在结尾，卒章显志以升华主题呢？这就是关乎写作结构的问题。当然，上面的两个答案是没有对错的，要结合具体的写作形式和写作需求来进行选择。

在落笔之前，先搭建文章的结构形式、详略重点，这样能够很好地帮助我们顺利地完成文章。章节结构能够体现作者的写作思路和线索，也可以使文章条理清楚，层次清晰，可以让全文的内容和主题得到更好的表现，可以在一定程度上解决作者写不下去的问题。

回忆录文章的结构形式，通常可以有以下几种形式：

（1）总—分式结构；

（2）对比式结构；

（3）并列式结构；

（4）递进式结构。

接下来我们就逐一看一下以下这几种结构形式，是如何在实际写作中进行体现的。

总—分式结构是指在文章的开头，先用一句话点明中心，接着围绕这个中心分别论述。总—分式结构，是谋篇布局中最常见也是最基础的结构形式。很多人在行文过程中，都会遇到思维混乱，不知如何下笔的情况，此时，总—分式结构，往往最能解决这种问题。总—分式结构的建立逻辑是论点＋论证，它的建立步骤分为三步：

（1）先把你想表达的内容列出来；

（2）当成自己的核心观点放在文章开头；

（3）通过事实或案例来证明加深这个观点。

我们可以通过下面的案例加深一下印象：

总：中华民族正在实现伟大复兴。

分：中国经济高速发展；中国人民生活水平得到显著提高；中国国防军事力量得到极大增强。

这就是最基本的总—分式结构。第一句话为论点，即中华民族正在实现伟大复兴，下面通过生活水平提高、国防军事力量增强两个论点来进行证明。在实际应用中，总—分式结构比较灵活：总—分；总—分—总；分—总，都是可以的。刘若英的叙事散文《今年桂花不飘香》，就是用了总—分—总的结构形式，一开始通过记忆中院子的桂花，回忆自己的公公，接着通过几件小事展现公公和孙女之间的亲情。最后，又回到桂花树，通过对桂花树香气的描写，表达了作者对公公的怀念，我们通过全文让大家做个比较详细的了解吧。

从有记忆以来，家里的院子里就有一棵桂花树，每年秋天一到，整个院子就会飘起阵阵淡香味。记得小时候的一个画面就是公公老爱站在树下拎着一杯水在那儿漱口，然后口里念念有词地不知道说些什么，我老以为那棵树会跟他聊天。

我是跟着祖父母长大的。毋庸置疑，我就是家里的小祖宗。由于公公是一位将军，家里的副官更封我为“将军的将军”。由此可知我那一生在战场上出生入死的公公，是如何地拿我无可奈何。

小时候的一天，我放学回家看到桌上有一个牛皮纸袋，我二话不说就拆开来，还没来得及看清楚内容为何，就听到一声雷声响起。公公大发雷霆地斥责我的行为，我以为他是骂我乱拆他的东西，没想到他竟然说我把他的牛皮纸袋拆坏了，那个袋子是可以再使用的。然后就一阵什么浪费国家资源啦，不爱惜东西之类的名号全给我套上。

屏息间听到公公走近我的房门，故作轻松地说：“袋子里头不就一张照片嘛，有什么好看的？那么丑！要就给你嘛！何必把我的袋子给拆坏了呢？”说完，我就瞧见一张八开大的脸从门缝底下给塞了进来……

只要是任何婚丧喜庆要找他致辞，他一定可以跟民族大义扯上关系。我常常觉得，那一对对的新人一定搞不懂他们两个人结婚跟国家的前途有什么关系。就像我每一次去大陆拍戏，离家前跟他辞行，他一定会语重心长地叮咛：“这一趟你去大陆，是身负重任，两岸的和平就全靠你了！”听罢我总要尴尬地跟祖母扮个鬼脸。可是现在回想起来，除了他们那一代的军人，又有谁会如此时刻胸怀忧国忧民的使命呢？

在替公公整理东西的时候，发现了一个用过的牛皮纸袋，上头写着“刘若英小朋友收”。旁边公公还用毛笔附加写上：“代若英孙女保存之邮票”。我都忘了自己曾经收集过邮票。打开来看，全是一些完完整整一套一套的旧邮票，还有几张我在读幼稚园时老师发的只有手掌般大的、上头印着“奖”的纸片。所以将军公公毕竟不是无时无刻只有民族大义，孙女也是很宝贝的。望着这几个简单的毛笔字，我仿佛不经意间窥见他坚毅的躯壳里那柔情的心灵。而牛皮纸袋，每一个珍惜使用的纸袋，原来可用来包装他无微不至的心意。

我带着这份再珍贵不过的牛皮纸袋走出门，看见那棵确已枯掉的桂花树，竟闻到扑鼻的桂花香。只是，今年满溢的香气不再出自院子的桂花树，而是从更深更远的地方飘过来，穿过千山万水，从我公公所在的地方飘过来。

——刘若英《今年桂花不飘香》

接下来我们再了解一下对比式结构。对比，简单来说，就是将两种不同事物，或同种事物的两种不同方面做比较。通过反面对比，或是侧面对比，产生反差和比较，使得读者自己判断，产生强烈的情绪和共鸣。对比在回忆录中的使用场景还是比较频繁的，比如，不同事件进行对比，同一事件的不同方面进行对比；不同人物的对比，同一人物在不同时空的行为、思想、言论的对比；不同环境的对比，同一环境在不同时空下的对比，等等。我们在回忆录中不可避免地会写到故乡，而在描写故乡时，触景生情，我们笔下也常常会产生这样的对比：

（1）故乡在童年时期、老年时期的建筑和景物的对比；

（2）故乡经济发展的前后对比；

（3）故乡的人情前后对比；

（4）我对故乡的感受变化对比。

在鲁迅先生的《故乡》里，他对闰土这个人物做了对比，他笔下的少年闰土是这样的：

我于是日日盼望新年，新年到，闰土也就到了。好容易到了年末，有一日，母亲告诉我，闰土来了，我便飞跑地去看。他正在厨房里，紫色的圆脸，头戴一顶小毡帽，颈上套一个明晃晃的银项圈。

——鲁迅《故乡》

这是一个蓬勃的、充满了生命力的少年形象，而到了中年的时候，闰土变成了这样：

先前的紫色的圆脸，已经变作灰黄，而且加上了很深的皱纹；眼睛也像他父亲一样，周围都肿得通红。头上是一顶破毡帽，身上只一件极薄的棉衣，浑身瑟缩。那手也不是我所记得的红活圆实的手，却又粗又笨而且开裂，像是一个松树皮了。

——鲁迅《故乡》

中年的闰土在经历生活和阶级的双重压力之后，变成了一个毫无血色的、臣服于这个世界的行尸走肉，这种前后巨大的落差，通过对比，使得我们感受到了强烈的悲凉感，这就是对比的作用。

和对比式结构很相近的一种结构，叫作并列式结构。在并列式结构下，文章的各部分内容之间平均用力，不侧重和偏向任何一方。并列的结构形式，可以分解文章主题，使其成为独立的几个部分，从而发掘不同的角度。而文章从不同的角度展开，又能反过来深化主题，拓展全文的深度。使用并列式结构，无须区分主次和从属，而应当注意，文章的各部分内容之间要齐头并进。并列式结构和对比式结构的相似点，是都要同时列出材料，而不同的地方是，并列式结构较为注重材料的平衡，而对比式结构则是为了突出材料的差异，我们可以做这样的一个写作场景练习：

章节名称：我的母亲

母亲的优秀品质：勤劳、节俭、善良、正直

在这样描写母亲的文章中，通过日常的材料，分别去描写母亲以上四种优秀品质，就是一种典型的并列式的结构。和并列式、对比式结构有着明显不同的结构形式叫作递进式，先提出问题，在这个问题的基础上逐步分析，层层深入，探寻问题的本质，这就是递进。

文章需从实际生活出发，因此，写好递进式结构，首先要找到一个好的切入点，由浅入深，由表及里，然后把文章推向高处。鲁迅先生曾经写过一篇杂文，叫作《中国人失掉自信力了吗》：

从公开的文字上看起来：两年以前，我们总自夸着“地大物博”，是事实；改为一味求神拜佛，怀古伤今了——却也是事实。

于是有人慨叹曰：中国人失掉自信力了。

如果单据这一点现象而论，自信其实是早就失掉了的。先前信“地”，信“物”，后来信“国联”，都没有相信过“自己”。假使这也算一种“信”，那也只能说中国人曾经有过“他信力”，自从对国联失望之后，便把这他信力都失掉了。

失掉了他信力，就会疑，一个转身，也许能够只相信了自己，倒是一条新生路，但不幸的是逐渐玄虚起来了。信“地”和“物”，还是切实的东西，国联就渺茫，不过这还可以令人不久就省悟到依赖它的不可靠。一到求神拜佛，可就玄虚之至了，有益或是有害，一时就找不出分明的结果来，它可以令人更长久地麻醉着自己。

中国人现在是在发展着“自欺力”。

“自欺”也并非新东西，只不过日见其明显，笼罩了一切罢了。然而，在这笼罩之下，我们有并不失掉自信力的中国人在。

我们从古以来，就有埋头苦干的人，有拼命硬干的人，有为民请命的人，有舍身求法的人……虽是等于为帝王将相作家谱的所谓“正史”，也往往掩不住他们的光耀，这就是中国的脊梁。

这一类的人们，也何尝少呢？他们有确信，不自欺；他们在前仆后继地战斗，不过一面总在被摧残，被抹杀，消灭于黑暗中，不能为大家所知道罢了。说中国人失掉了自信力，用以指一部分人则可，倘若加于全体，那简直是诬蔑。

要论中国人，必须不被搽在表面的自欺欺人的脂粉所诓骗，却看看他的筋骨和脊梁。自信力的有无，状元宰相的文章是不足为据的，要自己去看地底下。

——《中国人失掉自信力了吗》

文章一开始通过当时中国社会的一些状况和人们的言论提出了问题：中国人失去自信力了吗？之后则通过中国人信仰的变化过程，分别列出了“他信力”和“自欺力”，来反证排他的观点，逐层深入。从本质上阐明了中国人并没有失去自信力。而在最后，通过黑暗中战斗的斗士，层层递进论证中国人并没有失去自信力，中国还是有希望的。同学们有时间可以去看看原文，关于递进式，也可以叫作层进式，我们了解本质就是层层递进的关系就可以了，比如，在回忆录中，写到青年时期的上山下乡，可以以递进形式进行思考：

一层：什么是上山下乡？

二层：当时时代为何要让人上山下乡？自己又是在什么情况下上山下乡的？

三层：怎么样上山下乡？经历了什么，心态发生了什么变化？

在我们交流的以上这些结构形式里，大家可以根据不同的行文需求进行选择。一般来说，总—分式的结构形式是最常用的，也可以说是万能的结构形式。如果在我们的描写中，涉及了多个人物，多个事件，则适合并列式的结构。层进式结构适合探讨内心有关的往事，反映内心变化或者理解的一步步加深。而如果发生了变化比较大的往事和人物关系的话，对比式就非常的合适，比如，鲁迅的《故乡》中的少年闰土和中年闰土的对比就是如此。

文章内部结构形式的选择和搭建，最终是为行文和主题服务的。对于很多初学者来说，在创作回忆录的时候，不仅要搭建整本书的外层目录，而且在写每一个章节之前，对于独立章节的结构形式、内容安排、描写顺序等先做一个构思，也是非常有必要的。

本章知识小结

一、回忆录文章的结构形式的类型和应用场景：

1. 总—分式结构

2. 对比式结构

3. 并列式结构

4. 递进式结构

练习：从回忆录目录中，选择其中一个章节，用以上任意一种结构形式把内容框架列出来。

Memories

第六章

回忆录中的结尾处理

结尾是文章的最后部分，它将全文的内容进行总结，也就是做一个精简的概括，让内容更加清晰，点明了中心，深化了主题，也会强调文章的主要思想。回忆录的事件描写的字里行间都透露着一种思想或是情感，而最后一段的内容也会有这种作用。最后一段使文章更为完整，有画龙点睛之意，所以文章的最后一段是非常重要的。

在回忆录中，结尾的作用主要有以下三点：

（1）让读者产生感动和共情；

（2）产生联想和进一步的思考；

（3）产生共鸣，认同作者的观点和看法。

结尾最常用的一种处理方式，就是直接顺着事件的结束，结束全文，其余的让读者自己体会，给人的感觉是，结束自然，恰到好处。

这种结尾和全篇叙事结合在一起，比较符合逻辑，也最符合读者的阅读习惯，关键是可以巧妙地留白，引起读者的遐想，否则可能就会流于平淡。

《药》的结尾是这么写的：

她们走不上二三十步远，忽听得背后“哑——”的一声大叫；两个人都悚然地回过头，只见乌鸦张开两翅，一挫身，只向着远处的天空，箭也似的飞去了。

这个结尾从表面上看是对前面故事的自然承接，但是乌鸦飞走的动作却给读者留下了无限的遐想空间，乌鸦代表什么？两个人（夏四奶奶和华大妈）为什么会惊恐地回头？乌鸦的远飞又代表什么？鲁迅先生没有给过正面的回答。有的人认为乌鸦象征着黑暗势力，它的远去代表着黑暗势力和反动势力的消失；有的人认为乌鸦代表了夏瑜，飞向远方是去投身革命；还有的人认为乌鸦主要是为了渲染阴冷压抑的氛围。不管怎样，这都是一个巧妙的结局，可以起到深化主题的作用。

《药》里的乌鸦是在结尾处出现的，在前面文章中并未提及。还有一种结尾方式，叫作首尾呼应，头和尾相互接应的意思。在文章开头提出的事由在结尾处加以回答或深化，给人以有头有尾、首尾圆合、浑然一体的感觉。使读者掩卷静思、回味无穷，这种结尾方式需要在落笔之前就已经把结构构思完毕，在文章开始就做好了结尾的铺垫，首尾呼应的结尾方式有着以下几种优势：

（1）使文章具有完整性。文章的头、身、尾齐全，首尾圆合，结构严谨，通篇形成一体；

（2）使文章具有联系性。文章的头尾是有机组合，相互照应，相互作用，为突出主题服务；

（3）使文章具有可读性。文章开头精彩，结尾有力，两者又紧紧相扣，使读者感到舒畅。

刘禹锡的《陋室铭》开头和结尾分别这样写道：

开头：“山不在高，有仙则名。水不在深，有龙则灵。斯是陋室，惟吾德馨。”

结尾："南阳诸葛庐，西蜀子云亭。孔子云：何陋之有？"

开头和结尾都突出了一个"陋"字，首尾呼应，开始点出这是陋室，而经过中间部分的描写和说明后，在结尾处以反问的形式，论证了陋室不陋的主题。

朱自清先生的回忆性散文《背影》中也采用了这种首尾呼应的结尾方式。

开头："我与父亲不相见已二年余了，我最不能忘记的是他的背影。"（简洁明快，直奔主题）

结尾："我读到此处，在晶莹的泪光中，又看见那肥胖的、青布棉袍黑布马褂的背影。唉！我不知何时再能与他相见！"（则是呼应开头，升华主题）

第三种结尾处理方式是在文章的结尾，彰显文章的主旨，点题，或者揭晓答案和结局，从而让读者准确地把握文章的主题和中心思想。这种结尾的方式我们可以称为卒章显志式（总结全文式）。

高明的作者喜欢在文章结尾处解释答案，解决悬念，让读者恍然大悟，出现反转，当然这种结局方式在一些以情节为主的小说中更加常见，像莫泊桑的《项链》，女主人公用了10年的时间，过着节衣缩食的日子，去赔偿朋友弄丢的钻石项链，在最后结尾处才揭晓谜底——那项链竟然是假的。

"你总记得你借给我去参加部里晚会的那副项链吧。"

"记得呀，那又怎么啦？"

"那又怎么啦！我把它丢了。"

"怎么会呢！你不是还给我了吗？"

"我还给你的是另外一副一模一样的。为了买它，我们整整还了十年的债。你知道，对我们来说这可不是一件容易的事，我们被弄得简直一无所有。终于这一切都结束了；我太高兴了。”

弗莱斯蒂埃太太停住脚步。

“你刚才说，你买了一副钻石项链来代替我那一副？”

“是呀。你没有发觉吧，是不是？那两副真是一模一样。”她微笑着，自豪而又天真地暗自庆幸。

弗莱斯蒂埃太太却大为震惊，抓住她的两只手：

“哎呀！可怜的玛蒂尔德！我的那副是假的呀。顶多值五百法郎！”

——莫泊桑《项链》

这种结尾揭晓谜底的手法，我们称为终章解扣法，又称卒章露底法。卒章显志的另外一种形式叫作结尾言志，就是在结尾处引发感慨，发出呐喊，表达论点，再一次升华文章主题，范仲淹在《岳阳楼记》的结尾处，发出了“先天下之忧而忧，后天下之乐而乐”的呐喊，《香山红叶》中的结尾处则用简洁的方式，赞美了老向导像红叶一样可爱。

也有人觉得没看见一片好红叶，未免美中不足。我却摘到一片更可贵的红叶，藏到我心里去。这不是一般的红叶，这是一片曾在人生中经过风吹雨打的红叶，越到老秋，越红得可爱。不用说，我指的是那位老向导。

——《香山红叶》

以上是几种常用的结尾形式，在实际写作中，也可能会有一些其他的结尾方式，不会经常用到，但是遇到比较特殊的写作需求的时候，就需要采用。一种叫作补充前文式，就是前文内容中的遗漏部分，或是没有涉及的部分，在结尾做合理补充，使阐述的观点和道理更全面且稳妥。

王安石《游褒禅山记》里就是用的这样的结尾，因为在正文内容里没有说明一起游山的伙伴都是哪些人，所以在文章结尾做了补充：

四人者：庐陵萧君圭君玉，长乐王回深父，余弟安国平父、安上纯父。至和元年七月某日，临川王某记。

一种是引用名言警句式：即在文章的结尾引用名言警句，以表述含义深刻且耐人寻味的哲理或警策性内容，从而起到“言已尽而意无穷”的效果，更凸显文章的思想深度，产生回味悠长之感。诗歌《涕泪纵横的旋律》的结尾处，直接引用了国歌的歌词，而在杨绛先生的回忆录《我们仨》中，“世间好物不坚牢，彩云易散琉璃脆”（注：指世上美好的事物容易受损或消逝，就像彩色的云霞容易散去，琉璃做的器物容易打碎）又戳中了多少人的心？

本章知识小结

一、结尾的几种形式及应用场景：

1. 自然式
2. 首尾呼应式
3. 卒章显志式
4. 补充式
5. 引用名言警句式

练习：找到一篇曾经读过的文章（体裁不限）分析是哪一种结尾形式。

Memories

第七章

回忆录的叙事节奏

回忆录写作节奏的核心在于叙事时间和故事时间的把握，什么是叙事时间呢？叙事时间在这里指文学叙事时间，是用语言去描写社会生活事件的行为发生的时间。叙事时间不会是真正的故事发生的时间，它要具备两个基本特征，一是着重表达社会生活事件过程，二是具有话语虚构性或假定性。

影响叙事时间长短包括以下三个层面：

（1）叙述内容篇幅的长短；

（2）叙述话语的长短；

（3）叙述动作的幅度。

叙述内容的篇幅是就整体而言的，就是构成一段叙述话语主题的故事，包含多少讲述的故事情节。这个篇幅是作者来把控的，同一件事可以讲得很长，也可以讲得很短。

叙述话语的长短是针对文中的语句而言的，是使故事得以呈现的陈述语句本身是否凝练或展开故事情节。通俗一点说，就是语言的简约或书面化。

叙述动作的幅度是指在不同的情节下，叙述话语的多少，其实就是指的描述的详与略。

叙事时间则指叙述文中内容排列的前后次序或读者阅读本文所需要的实际次序。故事时间是故事中事件接续的前后次序。

叙事里的顺序和故事里的顺序，并不都是一致的。

当叙事按照故事发生顺序进行，就叫作顺叙，即顺着时间序列去叙述。叙事时间与故事时间之间出现不协调方式，就是逆时序，包括插叙和倒叙。故事时序一定是顺序，但写出来不一定是顺序，这就是叙事时序。

叙事时长和故事时长：

时长是一段连续时间的长度。

故事时长与叙事时长往往呈现为五种关系形态：

第一种情况，叙事时间为零，但我们可以从文本的逻辑推出某些故事是发生过的。这种情形叫省略。

省略是对故事的时间线索中整段时间不加叙述的叙述，比如，

1.劳累了一天，我感到非常困。

2.我骑着自行车，回到家里。

3.我回到家里，迫不及待地换了睡衣和拖鞋。

4.我匆忙洗了脸，刷了牙。

5.我爬到床上，倒头大睡。

如果从故事时间来看，这样的过程才是完整的，可是在叙事时间里，就可以把中间没有必要的过程去掉，直接改成“劳累了一天，困得我一回家就倒头大睡了”。

第二种情况就是叙事时间短于故事时间，这在叙述中是最为常见的，比如，身世介绍或说明那些并无重大事件发生的岁月，将漫长的故事压缩成几个简短的句子，这就是概叙。概叙是叙事时长小于故事时长

的粗略叙述。

比如，在评书里，当说书人遇到不重要的情况时，经常会一句话带过，比如，“闲言碎语不多讲、一夜无话、次日清晨。”又比如我们在回忆录里这样写：“我度过了平平淡淡的五年小学生涯，开始了我的初中生活，在初中，我遇到了我人生第一位真正的好老师——孙老师。”

概叙的特点为故事时长明显地大于叙事时长；概括性叙述，叙述话语把一段故事的时间压缩为主要特征的描写，则叙述时间比故事短，比率变大，节奏快。就像姜淑梅在《俺男人》里写道：

爹出过国，是留洋学生。留洋回来，他去了四川，在白市驿工作，是国民党的官，俘虏后成了共产党的人。

——姜淑梅《俺男人》

一句话，基本上把爹一生的重大经历全部概括了。

第三种情况，当叙事时间与故事时间相等或大致相等就是等叙，等叙里的叙述场景基本会由行动和对话描写构成，基本上是对于当时场景的还原。回忆录记录人生漫长的经历，既要保证经历的完整性，也要具备故事性和真实性，所以概叙和等叙一定是穿插使用的，老舍先生在《老舍自传》里写到“文协”成立，就基本上把当时的场景进行了还原。

人越来越多了，签到处挤成一团；签完字便都高兴地戴起缎条和白布条——缎条上印着成立大会字样，布条上写着人名，以便彼此一握手时便知道谁是谁了。入了会场，大家三五成组，有的立，有的坐，都谈得怪快活。又进来人了，识与不识，拦路握手，谁也不感到生疏或拘束。慢慢地，坐着的那些小组连成大一点的组，或竟联成一整排；立着的仿佛是表示服从多数，也都坐下去。

——老舍《老舍自传》

关于“文协”场景的再现，前后文还有很多内容，都是用了等序的手法，因为篇幅原因，就不给读者们做过多展示了。

第四种情况，叙事时间长于故事时间，细致描述事件的发展过程和人物的动作心理等叙事就是扩叙，其特点是故事发生所持续的时间明显地小于叙事叙述所花去的时间；铺张叙述，对一段较短的故事时间充分展开叙述铺陈，比率变小，节奏慢。扩叙的使用场景往往是在描写细节、表情、心理、神情等。比如：

我开始紧张起来。我想逃跑，跑到很远很远的地方去，没有人能找得到，可是，不行，他们有车，我肯定跑不过车，他们很快就会追上来的。而且妈妈交代了，就在家里待着，不要乱跑。所以，我没有采取任何行动，就在我的小板凳上坐着，真正的坐以待毙。

——彭学军《凤凰花开》

在这里，作者详细地描写了主人公的心理状态，他内心已经发生了很多的变化，设想了很多的结果，并且联想到了妈妈给的交代，等等，但是在故事时间里，是无法外显的，所以作者用了扩叙的手法，充分地展示人物的内心活动。

“那五个字，是你写的吧？”那个秃顶老头这样问我时，我犹豫了好一阵，终于还是点点头——我还没有学会撒谎，至少没有学会在那种咄咄逼人的目光的注视下撒谎。

“你必须回答是，或者不是。”他说，态度温和。

“是。”我低着头说，声音很小。

“你为什么要这样做？是谁叫你这样做的？”老头的声音突然严厉起来。我吓了一跳，抬头看了他一眼。老头瞪圆了眼睛，两只眼睛如他的头顶一样，亮亮灼灼地对着我。

他的口气和神态让我知道，这两个问题比前面一个问题重要得多。

一直跟在他身边的一个年轻的白衬衣也坐了下来，膝盖上摊着本子，手里握着笔，是准备记录我说的话吗？

——彭学军《凤凰花开》

在这个场景下，对话、神情、心理的描写都进行了扩叙。

第五种情况，当叙事时间无穷大，可故事时间为零，这种情况叫作静叙。比如，用于景物和人物肖像的描绘、社会习俗的介绍，故事发展到这里，在叙事时间里产生了停顿，着重于事件发生的特定状态、环境或背景的刻画。

离我家五公里多的地方有一个大场屋，住着上十户何姓人家。其中一户只有母子俩，儿子叫作松林。松林学了一门篾匠手艺，因父亲过世得早，拖到了二十七八才结婚。这后生长着一张方方正正的脸，那眉毛，那眼睛，那鼻子嘴巴都有棱有角，有神采。他秉性善良温和，是方圆几十里数一数二的好篾匠、好后生。

松林堂客文秀是平江袁家洞深山里的姑娘，但这深山里就是飞出了一只凤凰——她长得漂亮，鸭蛋形的脸，白皙皮肤，嘴巴鼻子都长得那么得体，人又开朗热情。

这对夫妻在我们那块地方很让人看好，要是他们俩同时出现在一个地方，会吸引不少人羡慕的目光，人们小声议论着："看人家这一对，真是般配。"

——杨本芬《浮木》

在本文中，由于需要对松林和文秀这两个人物做一定的刻画，所以在叙述过程中进行了暂停，对两个人物的外形和性格特点做了细致的描写。

在这五种形态中，第一种和第五种分别处在叙事速度快慢的两个极端，而第二、第三、第四种则处在居中位置。由此可见叙事节奏的丰富与多样性。

叙事过程中还有一个频率的问题，就是同一个事件在叙述过程中被反复提起，比如，鲁迅先生笔下的祥林嫂，在不同的场景，针对不同的人物，反复提起孩子被狼叼走这个事件。

以上是关于叙事时间、叙事节奏的分析。

在实际叙述过程中，也会牵扯到叙述视角，叙述视角通俗来讲就是人称，我们都知道它分为第一人称、第二人称和第三人称，采用频率较高的叙事人称是第一人称和第三人称，第三人称是站在旁观者的角度进行叙述，所以比较客观，回忆录基本上会使用第一人称，更有利于表达人物心理和观点，对某些细节就会放大放慢，这也符合回忆录的写作要求和文体特点。我们已经知道回忆录的本质就是叙事散文，所以在回忆录中，叙事经常会是情感叙事。

与叙事侧重于再现外在客观世界不同，抒情侧重于表现个人的内在主观世界；与叙事偏于用话语的意义去讲述故事不同，抒情偏于以话语的声音和画面组织象征性地表现情感；与叙事注重事件的进程不同，抒情重视情感的流动。所以在抒情的时候整体叙事节奏缓慢，会比较多地采用详叙。

镜子里的母亲已是面目全非，鼻子里有鼻饲管，嘴里是气管插管，管子大约比半段筷子长一些，高耸在嘴里，胶布和纱布缠绕了管子几圈后，胶带粘贴在脸颊上，纱布条绕过后脑勺在侧面打了结，可能结打松了，又在头部两侧各塞了一块棉纱布。除去这些，还有各种导管从被子里伸出来，连着围在母亲床边的造型古怪的医疗仪器。看着，心里暗暗地惊骇，又有一种说不出的悲伤，不知这些管子插进去时，母亲忍受了多大的痛楚。只在心里暗暗祈求，那一刻母亲已经失去意识，无知无觉亦无痛感。

——彭学军《凤凰花开》

母亲生病的详叙和个人心理感受的详叙，是一种情感叙事，叙事的目标就是抒发作者情感。

回忆录作为长篇叙事，叙事节奏的把握是非常重要的，本章内容提到的概括、详叙、省略、等叙都会被反复用到，只有合理地运用这些不同的叙事节奏，才能保证内容详略得当，这是作者能够完成创作的基本前提。

本章知识小结

一、叙事时间和故事时间

二、叙事时长和故事时长的关系：

省略、概叙、等叙、详叙、静叙

三、叙事视角：

第一人称、第二人称、第三人称

四、回忆录的叙事特点：

情感叙事

练习：找到自己的或者其他人的回忆录，选择一个章节，从叙事时长、叙事视角等角度，分析文章的叙事节奏。

Memories

第八章

如何让叙述更吸引人

在上一章中，笔者和大家分析了回忆录的叙事节奏，我们知道叙述就是将事情的前因后果、经过和历程记录下来，或者表达出来的过程。

在回忆录中，叙述主要用来展开情节，交代人物的活动轨迹和活动内容，描述事件的发展经过。

回忆录中，叙述通常采用第一人称，因为用第一人称叙述，有鲜明的主体特征，也有主观抒情的意味，读起来显得比较亲切真实，回忆录叙述不需要小说中常见的虚构情节，因此无须进行过多的艺术加工，表达完整准确就可以了。但是即使如此，我们也要让叙述有节奏，有起伏，避免把回忆录写成流水账，流水账式写作是指内容平铺直叙，没有重点，事无巨细，啰啰唆唆。

避免将回忆录写成流水账的方法之一是在叙述中加入具体的细节再现，像生活中的细节、语言、动作，等等，以免叙述变得干而无味，汪曾祺是这样描写他的祖父的：

我的祖父是清朝末科的“拔贡”。这是略高于“秀才”的功名。据说要八股文写得特别好，才能被选为“拔贡”。他有相当多的田产，大概有两三千亩田，还开着两家药店，一家布店，但是生活却很俭省。他爱喝一点酒，酒菜不过是一个咸鸭蛋，而且一个咸鸭蛋能喝两顿酒。喝了酒有时就一个人在屋里大声背唐诗。

他同时又是一个免费为人医治眼疾的眼科医生。我们家看眼科是祖传的。

在孙辈里他比较喜欢我。他让我闻他的鼻烟。有一回我不停地打嗝，他忽然把我叫到跟前，问我他吩咐我做的事做好了没有。我想了半天，他吩咐过我做什么事呀？我使劲地想。他哈哈大笑：“嗝不打了吧！”他说这是治打嗝的最好的办法（**加入具体的案例表现，且充满了趣味**）。他教过我读《论语》，还教我写过初步的八股文，说如果在清朝，我完全可以中一个秀才（那年我才十三岁）。

——汪曾祺《自报家门》

为什么我们读这样的文章会觉得生动充满乐趣？作者在这里面加入了两个生活中的具体案例，一个是祖父配着咸鸭蛋喝酒，喝多了就背唐诗的趣事，另外一个则是祖父巧妙地帮助我治好了打嗝，如果我们把这些案例从中摘出来，那整篇文章就会很枯燥，内容就变成了这样：

“我的祖父是清朝末科的‘拔贡’，他有相当多的田产，大概有两三千亩田，还开着两家药店，一家布店，他同时又是一个免费为人医治眼疾的眼科医生，在孙辈里，他非常喜欢我。”

避免叙述变成流水账的第二个方法就是要详略得当，其实就是叙述是不是围绕着核心来写的，摒弃掉那些和核心事实无关的步骤和环节，比如，有位同学这样写道：

那天早上，我睁开眼，突然想起来，今天是我第一天上班，我匆忙地爬起来，洗脸刷牙，快速地吃了早餐，就出门，骑着自行车向单位飞奔。

洗脸、刷牙、吃早餐这些事情，并不是读者所关心的，并且去掉也不会影响对于文章的理解，所以可以直接改成：

早上，我匆忙地出门，骑着自行车向单位飞奔，那是我第一天上班。

简单明了，交代清楚即可。但是有的同学可能会产生这样的疑问，那为什么在阅读好多名家文章的时候，会将动作描写得那么细致呢？比如，朱自清在《背影》里，写到父亲去给自己买橘子的过程，每一个步骤都交代得非常清楚，却反而一点都不是流水账，那是因为这些细节描写是为了烘托主题。而同时，在叙述过程中，插入了作者的情感表达，所以反而升华了文章，这个案例其实在之前的章节里也常出现过，但是我们为了更好地理解，在此重温一下。

他用两手攀着上面，两脚再向上缩；他肥胖的身子向左微倾，显出努力的样子。这时我看见他的背影，我的泪很快地流下来了。我赶紧拭干了泪。怕他看见，也怕别人看见。我再向外看时，他已抱了朱红的橘子往回走了。

过铁轨时，他先将橘子散放在地上，自己慢慢爬下，再抱起橘子走。到这边时，我赶紧去搀他。他和我走到车上，将橘子一股脑儿放在我的皮大衣上。于是扑扑衣上的泥土，心里很轻松似的。过一会说："我走了，到那边来信！"我望着他走出去。他走了几步，回过头看见我，说："进去吧，里边没人。"等他的背影混入来来往往的人里，再找不着了，我便进来坐下，我的眼泪又来了。

——朱自清《背影》

我们看，这并不只是单纯地进行了买橘子这个行为的叙述，而是在这种行为和我之间产生了强烈的关联，每一个动作都触发了我对于父亲的亲情的感动，并且贯穿在整个叙述过程中，所以我们可以得出另一个结论：在叙述中注入情感，能够避免行文变成流水账。

当然，文章会不会避免变成流水账，最根本的还是在于文章是否有主题和灵魂，我们前边提到的文章详略节奏，情感融合，也是必须围绕主题的，因为有了主题，才有了这些描写的方式和方法。

曾经有一位学员，描写了他记忆中小区楼下的早点铺子，原文是这样的：

家附近有一家早点铺子，我每天早上都喜欢去他家吃包子，平时只吃一笼素包、一碗馄饨。星期天的时候，我吃了油条和豆腐脑，吃完付账，这才发现店中信号不佳，竟扫不出码来，只好到外面付账，走的时候，把伞落在了店里，老板娘给我送了过来，后来，我就到外地工作了。多年之后，我回到老家，意外发现，那家铺子还在。

这段描写不能说有问题，但是很平淡，就是简单的对于吃早点这件事的描写，而我们和学员沟通的时候发现，这位学员在外漂泊多年，对于这家早点铺子是有着非常深厚的情感的，当他多年之后回到故乡，途经那家早点铺的时候，竟然伤感得流下了泪水，那家早点铺子，已经成为家乡的一种象征、一个符号。经过这样的主题挖掘之后，这位学员自己意识到他对于这件事的描写过于单薄，缺乏主题，于是他重新进行了调整，并把主题定位成了家的味道。

每个人心里都有家的味道，这味道是菜市场老板的吆喝，是楼门口邻居的招呼，是小区外早点铺子飘来的香气。（点题）家附近的早点铺子开门很早，天不亮便开始营业。店主是夫妻二人，操着一口淮南音。妻子负责馄饨豆腐脑收账，丈夫负责油条包子喊单，俩人声音此起彼伏，颇有“夫唱妇随”之意。

我平日不喜油腻，早点只吃一笼素包、一碗馄饨。那天有些特别，素包恰好售罄，而煮馄饨的锅子火不知为何也熄了。照我往日脾气，换一家便是，不过恰逢周末，又天降小雨，我疲懒不愿再走，将伞收起放在桌边，点了油条豆腐脑。

老板亲自将油条摆来，乍一看，嚯！好大的个子！两根油条有孩子小臂粗，金灿灿冒着热气。我夹起一根放到嘴里，酥、香、脆、爽，顷刻间便将整根油条卷进腹中。过得片刻，老板娘端来豆腐脑。

老饕们常常将剩油条用筷子夹断，泡在碗里。我有样学样，将剩下一根油条泡了，吃起来果然又是另一番绝美味道，这样的味道，在我以后的人生里，再也没有体验过。走出铺子，身后却传来老板娘呼喊，我以为算错了账，扭头便要争辩，不料老板娘举着雨伞笑道：“忘了吧？”我这才回过神来，接过雨伞再三感谢，老板娘只摆摆手便回去忙活生意。

自那以后，我便因工作离家远行，多年不曾返乡，多年打拼漫说早餐，午餐晚餐都不得守时，身心俱疲。

终于，人到中年，工作丢了，我返回老家。早上散步竟发现早点铺子仍在。不同的是两口人变成了三口人，老板依旧负责包子油条喊单，老板娘依旧负责馄饨豆腐脑收账，却多出一个半大小子端碗。

我进店落座，老板笑道：“回来啦？有素包。”

只一句话，我眼睛便被这热腾腾的香气熏得有些湿润（升华）。

之所以文章前后有了这么大的区别，正是因为主题的加持，所有细节、情感的描写，也都是围绕着主题，文章自然不再枯燥干瘪。

以上和大家讨论了如何才能让叙述避免陷入流水账的陷阱，而对于很多初写者来讲，还有一个经常遇到的困扰，就是写着写着就写不下去了，或者是觉得自己无话可说，不知道该写什么，又或者想要表达的内容很多，却不知道怎么写出来。

究其原因，可能是表达能力和写作技巧还比较生涩，写不出想要的感觉，不知道怎么有效地叙述，也有可能是对要写的内容不熟悉，或者说没有足够的准备，导致写不出来的情况，这里面包含了专业知识和日常写作素材积累不够的情况。

当我们写作进入某个死角的时候，可以尝试转换角度，甚至可以暂时放一放，先写其他内容，不用着急，也不要一开始就非要写得多么完美，可以先完成，然后再进行梳理和修改也是可以的。另外，如果我们在一开始的时候，就先把文章结构安排清楚，确定了叙述的方式和类型，也可以有效避免写不下去的情况。

从回忆录写作的时间先后顺序来说，有顺叙、倒叙、插叙、补叙、平叙五种叙述方式，接下来我们就一起了解以下这几种叙述方式各自的特点以及应用场景。

按照事件发生、发展的时间先后顺序来进行叙述的方法。采用传统三幕式结构，就是顺序叙事。

这是一种回忆录中最常用的叙述方式。它循着事物发展的顺序，符合人们的阅读习惯，便于把叙述内容表述得条理清楚，自然顺畅。运用顺叙要区分主次，讲究详略，注意疏密相间，防止平铺直叙。顺序叙事的优点是便于书写，内容表述条理清楚，可是因为是非常常规的描写方式，所以在采用顺序叙事的时候，要防止平铺直叙，淡而无味。在回忆录中，顺序可以严格按照时间进度进行描写，也可以按照某个事件的发展脉络的展开进行描写，比如，傅高义写作的回忆录《邓小平时代》里，就是严格按照时间顺序进行了记录：

当邓小平渐渐长大时，大人们并不清楚让孩子接受哪种教育最有利于前程。科举制在邓小平出生后的第二年便被废除，邓小平6岁时发生的辛亥革命，又让朝廷的官僚制度寿终正寝。但是取代旧学的新式教育才刚刚起步，于是就像当时中国农村很多有天资的孩子一样，邓小平5岁那年的开蒙教育，是在牌坊村一个有学问的亲戚家中学习儒家经典。

第二年他又转入协兴镇一家较大的私塾，继续学习那些经典，由此养成了背诵经书的能力。当时广安县（现广安市）有人口20万，但只有一所公立小学为有天分的孩子教授现代科目。

——傅高义《邓小平时代》

这样的叙述更加严谨，但是对于普通人的回忆录来讲，未免显得过于严肃，不够亲切，鲁迅先生的《一件小事》，则是根据故事发展的起承转合，进行了顺序描写。

“我”坐的人力车无意带倒了一个衣服很破烂的老女人。“我”断定她没有伤，而且又没有人看见，怕车夫多事，耽误“我”赶路，便催他快走。但他毫不理会，仍搀着老女人向巡警分驻所走去，主动去承担责任。车夫那种正直纯朴、勇于负责高尚的品德使“我”很受感动，“觉得他满身灰尘的后影，霎时高大了”，而且感到了自己的渺小。在激动之下，“我”，从外套里抓了一大把铜元让巡警交给他。

——鲁迅《一件小事》

需要注意的是，《一件小事》从全篇来讲，其实是倒叙的方式，我们给大家解析的是他在叙述事件时，如何采用顺叙方式来讲述故事。

接下来我们聊一聊倒叙，倒叙是指把事件的结局或某一突出的片段提到前面来写，然后再从事件的开头进行叙述的方法。

为什么要采用倒叙这种方式呢，倒叙有以下几个好处：

（1）把文章中最能够表现中心思想的部分提到前面，这样更能突出文章的内容，以及对过程的关注，突出主题；

（2）让文章结构富于变化，避免平铺直叙地表达；

（3）一开始就设置悬念，这样更能够引人入胜；

（4）便于调动情感，勾起对往事的深情回忆，更符合生活的真实。

其实从整本书的角度而言，回忆录就是一个倒叙的结构，我们之所以说顺叙被经常用在回忆录中，是指在某一个独立章节的故事叙述过程中，往往采用了顺叙的结构。

倒叙具体应用方式有三种，第一种叫作结局法，就是先写事情的结局，再按时间顺序叙述事情的经过。这种方式最经典的案例是哥伦比亚文学巨匠马尔克斯，他在《一桩事先张扬的凶杀案》中的开头这样写道：

圣地亚哥·纳赛尔在被杀的那天，清晨5点半就起床了，因为主教将乘船到来，他要前去迎候。夜里，他梦见自己冒着蒙蒙细雨，穿过一片榕树林，这短暂的梦境使他沉浸在幸福之中。

——马尔克斯《一桩事先张扬的凶杀案》

这是一个非常有意思的结局，如果说《一桩事先张扬的凶杀案》是一部侦探推理小说，那么它显然是不成功的，小说开篇第一句话就向我们道出了整个事件的结局。然而当你继续读下去的时候，你就会发现马尔克斯这个经典开头的精彩之处。

在加勒比海沿岸的小镇上，一场奢靡无比的隆重婚礼过后，以为用金钱和权势买到幸福的新郎巴亚多·圣·罗曼，在新婚之夜发现妻子不是处女而将她休回娘家。在全家人的逼问下姑娘将贞洁的破坏归咎于一个名字叫作圣地亚哥·纳赛尔的青年富豪。姑娘的两个哥哥在暴怒之下拿起杀猪刀开始复仇。从凌晨3点起，整个小镇的人都陆续得知维卡里奥兄弟要杀死圣地亚哥·纳赛尔，然而在一系列不可思议的巧合之下，没有任何力量帮助圣地亚哥·纳赛尔阻挡悲惨的结局，在被杀的前一刻，只有他一个人还被蒙在鼓里。

——马尔克斯《一桩事先张扬的凶杀案》

马尔克斯一开始就把结局摆在读者面前，让我们失去所有幻想和期待。然而，在对造成结果的情节进行解构的过程中，这种反向的解剖慢慢与观众的求知欲和好奇心契合起来，对细节的还原往往使人受到更为强烈的冲击，引起了读者内心的震颤与共鸣。

假如将整个故事比作一条长链的话，那么圣地亚哥·纳赛尔的死就是这条长链的一头，马尔克斯早早地就把它拴在那里。隆重的婚礼、维卡里奥兄弟的寻仇以及圣地亚哥·纳赛尔对主教的恭候，是这条长链上仅有的几个固定结点。除此之外，整条链带的其他部分仿佛在风中肆意飘荡，它的形态是未知和混沌的。这其中的细节繁复无常，故事充满太多的发展空间。然而，任由我们怎样将它一段一段填补起来，整条线还是无一例外地指向那个不可争辩的终点，就是一开头我们就知道的，圣地亚哥·纳赛尔被杀了。

推荐大家去读一下这篇文章的原文，即使我们知道了主人公被杀的结局，在阅读过程中，我们还是会有这样的一个疑问，圣地亚哥·纳赛尔是否可以避免被杀？

倒叙法的第二种方式叫作精彩法，先把最精彩的部分写在前面，吸引读者的注意，这样做的最大目的就是制造悬念。马尔克斯另外一部长篇巨著《百年孤独》的开头是这样写的：

许多年之后，面对行刑队，奥雷良诺·布恩地亚上校将会回想起，他父亲带他去见识冰块的那个遥远的下午。

——马尔克斯《百年孤独》

这也是我们曾经展示过的一个案例，现在我们主要从叙述角度来分析它。

这句话制造了三个悬念：

“多年以后”让你想知道他都经历了什么？

“面对行刑队”让你想知道他干了什么坏事才会被判刑？

“行刑队”对于南美的人来说，应该是最熟悉不过了，在20世纪的许多年里，很多国家都经历过残酷的军人政府统治，他们面对异己的唯一方式就是让你面对着行刑队，你无法想象昨日还跟你在演讲台上谈笑风生的伙伴，第二天就会身首异处，这个“异处”是真的不知道你死在哪里——也许连行刑队都不知道了。他们会直接修建一条直通海里的铁路，让你一路向海而去。

还有，“那个遥远的下午”，他为什么会去“见识”冰块这种很平常的东西？短短的一句话，引来读者无限遐想，不由得使人急切地想看到正文，解开心中的疑团。

倒叙的第三种方法叫作景物法，由眼前的风景或物品引起回忆，这是回忆录中被频繁使用的一种倒叙手法。如果参考上文，我们还可以明白，情和景往往是交融在一起的。所以，开头对于景物的描写过程中，也往往夹杂着情感的描写，或伤感或怀念，就像刘若英在回忆性散文《今年桂花不飘香》里写的那样：

从有记忆以来，家里的院子里就有一棵桂花树，每年秋天一到，整个院子就会飘起阵阵淡香味。

——刘若英《今年桂花不飘香》

接下来我们聊聊补叙，补叙的作用在于对故事的前文所设伏笔做出回应，或对前文中有意留下的衔接处予以弥合。往往用在一个事情结束或者整篇文章结束时候的“解释”。

补叙，可以使回忆录内容完整充实，情节结构完善，使记叙周严，不留破绽。

《水浒传》智取生辰纲的章节里，为了保留故事悬念和叙事流畅性，并没有对七个贩枣子的客人身份和杨志等人被迷倒的真相做说明，而是放在了最后，以补叙的方式揭开了谜底。

我且问你：这七人端的是谁？不是别人，原来正是晁盖、吴用、公孙胜、刘唐、三阮这七个。却才那个挑酒的汉子便是白日鼠白胜。却怎地用药？原来挑上冈子时，两桶都是好酒。七个人先吃了一桶，刘唐揭起桶盖，又兜了半瓢吃，故意要他们看着，只是叫人死心塌地。次后，吴用去松林里取出药来，抖在瓢里，只做赶来饶他酒吃，把瓢去兜时，药已搅在酒里，假意兜半瓢吃，那白胜劈手夺来，倾在桶里。这个便是计策。那计较都是吴用主张，这个唤作"智取生辰纲"。

——施耐庵《水浒传》

插叙则是在故事叙述过程中，根据内容表达的需要，暂时中断主线，插入相关的事情或必要的议论；插叙结束后，仍回到叙述主线上来。

插叙很适合回忆录写作，因为插叙可以加入许多的议论、解释、解说。插叙内容也可以是对往事的回忆联想，对某些情况的诠释说明，还可以是对人物、事件、背景的介绍。插叙补充丰富了人物、事件及背景，使文章内容得以充实，叙述曲折，形成断续变化，使故事错落有致，插叙往往有以下几种形式出现：

（1）联想法，通过作品中人物的联想引出插叙内容；

（2）转述法，借助作品中人物的叙说进行插叙。这种方式往往用"听人说""据说""有人说"等引入插叙；

（3）直述法，不借助作品中的任何人的口述或联想，直接在文中插叙一件事，多用"原来过去""曾经""后来"这些表示时间概念的词来引入插叙部分。

鲁迅先生的《故乡》中，对于少年闰土是通过插叙的方式来呈现的，在主人公和母亲的谈话中，提到了闰土，于是，主人很自然地联想到了少年的闰土。

"你休息一两天，去拜望亲戚本家一回，我们便可以走了。"母亲说。

“是的。”

“还有闰土，他每到我家来时，总问起你，很想见你一回面。我已经将你到家的大约日期通知他，他也许就要来了。”

这时候，我的脑里忽然闪出一幅神异的图画来：深蓝的天空中挂着一轮金黄的圆月，下面是海边的沙地，都种着一望无际的碧绿的西瓜，其间有一个十一二岁的少年，项戴银圈，手捏一柄钢叉，向一匹猹尽力地刺去，那猹却将身一扭，反从他的胯下逃走了。

这少年便是闰土。我认识他时，也不过十多岁，离现在将有三十年了；那时我的父亲还在世，家景也好，我正是一个少爷。那一年，我家是一件大祭祀的值年。

——鲁迅《故乡》

杨本芬的《秋园》里用了直述和转述的形式，我们看一下原文可加深理解：

直述：

仁受每次回家，都要找邱子文聊聊天。他告诉秋园，子文这人读了很多书，知道很多事情。邱家原本是个小康之家，只因子文父亲染上了大烟瘾，把家里的田地房屋卖了个精光。两个老人连气带病地先后过世，子文父亲四十多岁时也走了，留下一身债，轮到子文来还。没有办法，子文只好出来替人做长工。

——杨本芬《秋园》

转述：

小泉四岁那年，油菜花开得到处一片金黄，只要走出门，满鼻子都是油菜花的香味。成群的野蜂子在油菜田里飞来飞去，发出嗡嗡的叫声。油菜开花时，疯狗最多。据说狗在油菜地里伸出舌头时被野蜂蜇了，就会疯。天晴时，狗最喜欢在油菜田里耍疯、追逐、打架，玩累了就趴在地上伸出长长的舌头喘气，口水直往下淌。

——杨本芬《秋园》

有时候需要多线叙事的时候，我们还可以采用平叙的叙述方法，平叙就是平行叙述，即叙述同一时间内不同地点（或不同时间不同地点）所发生的两件或两件以上的事。

通常是先叙一件，再叙一件。或者有可能是穿插式，一种就是传统的“花开两朵，各表一枝”，即先说甲的事，再说乙的事，两边都交代清楚；另外一种则是时而说甲，时而说乙，按照情节发展的需要轮番叙述，使读者对甲和乙的命运都处于关心的状态中。

一位同学在回忆录中描写自己父母的时候，采用了平叙的手法：

我的爸爸和妈妈都在各自的“责任田”中辛勤耕耘。

妈妈眷恋着村里分的那块“责任田”，经年累月，披星戴月，像一头奋蹄的老牛，泥里水里，风里雨里，不停地耕耘着，不知洒下了多少辛勤的汗水。

爸爸呢，也有自己的“责任田”，不过它不能用“亩”来丈量，收获也不能按“斤”来计算，那是一块无形却又崇高的“责任田”。爸爸爱着它，早起晚睡，精心耕耘，为的是耕去荒芜，耕去贫瘠。

以上几种叙事方式，在不同的行文需求下，可以采用不同的方式，叙事方式的多样性固然重要，却不可以刻意为之，自然使用才好，方式只是解决问题的方法，核心还是要有鲜明的主题，在主题的指导下，叙述节奏错落有致，叙述语言自然贴切，自然就会吸引读者。

本章知识小结

一、叙述的几种形式和用法：

顺叙

倒叙

插叙

平叙

补叙

练习：找到自己回忆录的不同的文章，分析叙述方式，以及这种方式的优势。

Memories

第九章

回忆录中的人物塑造（一）外在描写

在学习本节正式内容之前，我想问大家一个问题：经典名著《西游记》里，在狮驼岭这个故事里，猪八戒被妖怪捉走了，大家能帮我回答一下，猪八戒是怎么被妖怪捉走的吗?

《西游记》原著相信很多人都读了很多遍，影视剧也反复收看过，可是对于这个情节，想不起来也是很正常的事情吧？通过原文我们先来寻找下答案：

呆子手软，架不得妖魔，急回头叫：“师兄，不好了！扯扯救命索，扯扯救命索！”这壁厢大圣闻言，转把绳子放松了抛将去。那呆子败了阵，往后就跑。原来那绳子拖着走还不觉，转回来，因松了，倒有些绊脚，自家绊倒了一跌，爬起来又一跌。始初还跌个踵踵（lóng zhǒng），后面就跌了个嘴抢地。被妖精赶上，捽（zuó）开鼻子，就如蛟龙一般，把八戒一鼻子卷住，得胜回洞。

——吴承恩《西游记》

现在，我们明确了猪八戒被捉的原因是孙悟空捉弄他，他被绳子绊倒，然后被妖怪捉走了，那接下来，我如果问大家第二个问题，你觉得猪八戒是一个什么样的人物？这个问题相信所有的人都能回答出来，懒惰、贪吃、耍小聪明、爱打小报告……通过这两个问题我们发现，随着时间的推移，我们可能对故事情节逐渐淡忘，但是对于故事中的人物却记忆深刻，这取决于作者对于人物的塑造是否成功，也说明了人物的塑造，对于文章的重要性。

用文字表现一个立体、鲜活的人物，给读者留下深刻的印象，称为人物塑造。从概念中，我们可以发现，判断人物塑造是否成功的关键标准就是：是否能给读者留下深刻的印象。

小说中的人物，大多是作者根据生活中的观察，以某个人物为原型创造的，作者的创作空间很大，可以按照自己的主观设定去塑造人物。

回忆录则不同，回忆录中的人物肯定是真实存在的，并且人物的性格特点我们也不能够进行虚构，作者需要做的就是找到人物的核心特点，并用文字表达出来，真实的表达并不妨碍人物的刻画，我们可以看到回忆录或者自传中性格鲜明的人物，这不仅取决于人物本身的特质，也和作者的文字表达能力分不开。

而在回忆录里，哪些人物是值得被记录的呢？当你从脑海里，回忆这一生，你会发现太多的人值得放在回忆录里，当然这些人物也会有层级的区分，有需要详细记录的主要人物，也有需要简单描写的次要人物，还有只是作为过渡提到的边角人物。主要人物是记录的核心，我们可以对主要人物进行分类，有利于对回忆录中的人物进行梳理：

（1）和自己有着血缘关系的人，比如，父母、姐妹，等等；

（2）对自己有教育意义，有着深远影响的老师、领导等上级和长辈；

（3）和自己平级的、有着亲密关系的人，比如，配偶、同学、同事、战友、朋友；

（4）曾经在困难时给予自己帮助，雪中送炭的人；

（5）个性鲜明，让自己记忆深刻的人。

在这里我想说明的是，这些人肯定都是作者非常熟悉的人物，我们容易习惯性地认为，对于这些人物非常了解和清楚，但实际上往往并不如此，比如，我们可以一起思考这个问题："你知道你的妻子（丈夫）他一生中收到的最满意的生日礼物是什么吗？"我相信，可能真的有很大一部分朋友是不知道答案的，所以，在描写这些主要人物的时候，我也建议大家对于他们再系统地进行一遍信息整理，为未来描写人物做好准备，搭建人物小传可以解决这个问题。

搭建人物小传，主要从以下四个方面进行信息的整理：

· 基本信息

· 外形体态

· 性格兴趣

· 社会关系

1. 基本信息包含：

· 名字

· 和我的关系

· 生日

· 出生地

· 父母

· 兄弟姐妹

· 成长环境（经济 / 社会）

· 民族

· 住过的地方

· 教育背景

· 学校里最喜欢的科目

· 特长

· 职业

· 旅行

· 朋友

2. 外形体态包括：

· 外貌体型

· 仪态

· 头部形状

· 眼睛

· 鼻子

· 嘴巴

· 头发

· 皮肤

· 文身 / 穿孔 / 伤疤

· 声音

· 衣着

· 人们会首先注意到他的什么

· 他会如何描述自己

· 健康状况（有无生理缺陷）

3. 性格兴趣包括：

· 政治立场

· 梦想

· 他会喜欢的礼物

· 宠物

· 交通工具

· 口头禅 / 标志性动作

· 最常用的面部表情及手势（傻笑、皱眉头、龇牙咧嘴、手势、耸肩、眼神交流等）

· 嗜好

· 对什么嗤之以鼻

· 什么会令他烦恼

· 什么会鼓舞他
· 最了不起的成就
· 最严重的创伤
· 最尴尬的事
· 最在意的
· 他属于哪种类型的人
· 你最喜欢他的哪一点
· 他有何平凡或非凡之处
· 他的处境平凡在哪里，又特殊在哪里

4. 社会关系包括：

· 和谁起过争执
· 和谁关系比较密切
· 谁最依赖他，为什么
· 他最崇拜的人
· 大家对他的评价
· 他的敌人
· 恋爱
· 婚姻
· 子女
· 同事

以上的信息内容，只是一些例子，大家可以根据写作的需要有针对性地进行删减。

对于回忆录中的人物塑造，可以从外部表现和内心世界两个层面进行，两者又是一个有机结合的整体。

本章我们将主要针对人物的外在表现进行探讨，人物的外在描写，主要是指对于人物的容貌、身材、着装等静态的描写。

首先我们可以通过人物五官、面部特征以及神情描写塑造人物。例如，罗中立的油画《父亲》。这幅画是罗中立根据在大巴山生活的体验，以及与农民结下的深情，于1980年创作的作品，曾经获得了中国青年美术展的一等奖。现在，请大家仔细回想一下这幅油画，将你所观察到的、所感受到的、所联想到的词汇记到你的笔记本上。

与此同时，我想和读者们聊一下无从下笔的话题，很多初写者，往往把自己下笔难的问题归咎于自己的词汇量少、遣词造句的能力差。在我看来，这并不是核心的原因，著名作家余华在接受访问时曾经说过，自己的文章之所以简洁，是因为自己的词汇量少，我不知道这是不是作家的一种自谦的说法，但是余华确实是一位半路出道的作家，在那之前，他是一位牙医。还有一位平民作家叫作姜淑梅，她在60岁才开始写字，但是这并不妨碍她成为一名畅销书作家，所以，我认为，无法下笔往往是因为我们的观察能力、组织能力以及细节的捕捉能力不足造成的。

我们再回到刚才关于人物容貌的描写的案例，相信大家现在已经有了一些观察结果，比如，黝黑的皮肤、泛白的嘴唇、刀刻般的皱纹，等等，我们可以把我们所观察到的，套用一个简单的公式，进行一段描写，你会发现，在进行一个人物外在容貌描写的同时，好像也能够解决无从下笔的问题。

这个公式非常简单：是什么 + 为什么 + 怎么样。

当我们结合油画的名字，将我们所观察到的结果，套用到这个简单的公式里的时候，一段相对完整的描写就呈现了出来：

是什么 —— 记忆中的父亲；

为什么 —— 已经有些模糊了，而唯独他的脸庞，深深地刻印在我的脑海里；

怎么样 —— 他的皮肤黝黑，皱纹四起，像揉皱了的、沟壑纵横的土地，他的眼袋很大，嘴唇黑而干巴，眼睛深邃到不见眼白，漆黑如夜间村中的长路。

接下来，我们探讨关于人物的着装的描写，由于回忆录是记录不同时代下的人和事，所以，通过着装描写，能够反映出所记录的人物的身份信息、时代信息、性格特点，这是回忆录和其他人物描写的一个明显的区别。

经历过时代更迭的读者，相信对不同时代的着装细节有着尤为熟悉的感觉。无论是20世纪五六十年代的朴素风，七八十年代的复古潮，还是九十年代的多元化时尚，我们都可以从服装的款式、色彩、配件等方面，观察到不同时代的人物的着装特点。

描写人物着装的时候，我们要牢记的就是，人物的着装一定要符合人物身份，通常我们在描写人物的时候，着装的描写会作为一种补充，不会用大量的笔墨去描写，一两句话把人物的着装特点点出来就可以了。当然，在某些时候，为了描写需求，塑造人物地位等，也会用很丰富的内容描写人物的着装。比如，曹雪芹在《红楼梦》中对于贾宝玉的服装描写：

贾宝玉换了身衣服，身上穿着银红撒花半旧大袄，仍旧带着项圈、宝玉、寄名锁、护身符等物；下面半露松花撒花绫裤腿，锦边弹墨袜，厚底大红鞋。

——曹雪芹《红楼梦》

类似的大量的关于贾宝玉的服饰的描写，在不同的场合、不同的章节里都用了很多的笔墨，读者们有兴趣可以做一个专门的研究。

人物外在描写的第三个方面就是人物的身材，指的是人物高矮胖瘦、身材比例、身材特征，鲁迅先生在《故乡》里这样描写中年之后的杨二嫂：

却见一个凸颧骨，薄嘴唇，五十岁上下的女人站在我面前，两手搭在髀（bì）间，没有系裙，张开两脚正像一个画图仪器里细脚伶仃的圆规。

——鲁迅《故乡》

这里用圆规来形容杨二嫂干枯的身材，非常的传神。

以上就是人物外在描写的三个要素，我们尤其要注意的是，一定不要为了描写而描写，所有的有关人物的描写，都是为了展现人物的特征，这种特征可以是性格特征、精神面貌，也可以是社会地位、时代特征等，都是为了让人物能够给读者留下深刻的印象，我们来看下面的这段案例：

大姐，工程师，当年以每门成绩98分考进北京实验中学。工作中与男同胞一起上万丈塔顶，曾参加过卅万吨合成氨引进装置测绘工作。她为人干练，英姿飒爽，她的五官也都长得比较开，鼻子很大，星星般的眼睛，短短的头发，为人却又完全不一样，细致到像是有强迫症似的，所以她的内外反差比较大，我一直对她印象深刻。

这是一位学员在她的回忆录中，对记忆中的一位堂姐的容貌描写，这一段乍一看好像没什么问题，可是譬如“星星般的眼睛”“短短的头发”，这样的描写，显然太大众化了，很难给人留下深刻的印象，也并不能够塑造出大姐的任何特征。

我们继续和这位学员进行交流，沟通这位学员对于大姐的记忆点，这位学员打开了话匣子，聊到这位大姐豪迈的性格、严谨的工作态度。当我们问到她对大姐五官印象最深的是什么的时候，文章中所描写的五官他并没有提，反倒是提到了这位大姐的眉毛，在她的记忆中，这位大姐的眉毛非常浓，显得很有男人气，我们启发学员着重写主要的容貌特征，于是这位学员做了这样的修改：

我的大姐，工程师，当年以每门成绩98分考进北京实验中学。工作中与男同胞一起上万丈塔顶，曾参加过卅万吨合成氨引进装置测绘工作。她喜欢梳干练的齐耳短发，五官长得很开，加上醒目的浓眉，表面上看，她更像一个爽快的男人。

在修改后的内容里，学员删减掉了一些泛化的描写，而是真正把记忆中的堂姐的外貌特征做了突出描写，通过外貌的描写更好地塑造了堂姐的性格特征。

我们再来看一个案例，一位学员描写在学生时代第一次遇见同桌的场景，我们先来看下原文：

那日早读，教室门开了，朗朗的读书声戛然而止。老师领进来一个女孩，长得很可爱，但是又给人朴素且灵动的感觉，漂亮的瓜子脸，柳叶眉下有一双明亮的眼睛，鼻梁高挺，牙齿很白，红红的嘴唇，身着一身学生装。她微微一笑说："同学们好，我叫郝莲，今后请大家多多关照。"从此，我便有了同桌。

在这个案例里，人物描写也是很宽泛的，瓜子脸、明亮的眼睛、鼻梁高挺这些描写很难体现人物的身份特征或者性格特征，可以称为无效的描写。辅导老师引导沟通后的内容是这样的：

那日早读，教室门开了，朗朗的读书声戛然而止，老师领进来一个女孩。穿着一身看上去褪了色的学生装（白衫蓝裤），裤子的膝盖处还有两个厚厚的巴掌大的补丁。她清澈明亮的眼睛匆忙地扫过教室，脸上就泛起了红晕，她微微一笑说："同学们好，我叫郝莲，今后请大家多多关照。"从此，我便有了同桌。

修改后的描写里有了着装的描写，褪色的学生装，和带着补丁的裤子，显示出这位新同学家境的贫寒，脸上的红晕刻画了一个害羞的女生，显然是比修改前有了很大的进步。

所以，我们在描写人物外形时，不要总想着要把人物的要素全部描写下来，那样往往平淡而乏味，抓住人物的核心特征，把他们表达出来，这样反而会给读者留下深刻的印象。比如，鲁迅先生在《藤野先生》里，写到了清朝的留学生，就抓住了辫子这一个显著的特征进行了描写：

上野的樱花烂漫的时节，望去确也像绯红的轻云，但花下也缺不了成群结队的“清国留学生”的速成班，头顶上盘着大辫子，顶得学生制帽的顶上高高耸起，形成一座富士山。

也有解散辫子，盘得平的，除下帽来，油光可鉴，宛如小姑娘的发髻一般，还要将脖子扭几扭，实在标致极了。

——鲁迅《藤野先生》

这一段描写，带着戏谑和调侃，把这一群与世界格格不入的，落后的留学生的群体形象刻画得惟妙惟肖。

在进行人物描写的时候，我们也要注意，按照一定的顺序进行描写，这样的顺序可以从上而写，或者从下而上，可以由外而内，也可以由内而外，但是切忌忽上忽下，忽内忽外，这样就会比较混乱，读者的阅读感受会变得很差，不容易形成画面。

我们再来看看鲁迅先生笔下的杨二嫂：

我吃了一惊，赶忙抬起头，却见一个凸颧骨，薄嘴唇，五十岁上下的女人站在我面前，两手搭在髀间，没有系裙，张着两脚，正像一个画图仪器里细脚伶仃的圆规。

——鲁迅《故乡》

能够很清晰地看出来，鲁迅先生是从脸部、到腰部、再到腿部脚部这样的由上而下的顺序进行描写的。

但是，如果在描写过程中出现了顺序错乱，就会让读者读的时候会跟着跳来跳去，造成理解上的障碍，我们来看下边这个案例：

我有一位慈祥、和蔼可亲的好母亲。她1.63米的个子，皮肤白净，清瘦的脸庞，有一双明亮的大眼睛，喜欢将裤脚挽起，高高的鼻梁、弯弯的眉毛中有一颗褐色的小痣，她终年留齐耳短发，秀丽的脸上始终面带慈祥的微笑。她性格温和，乐于助人。微微弓起的腰背下有一双小脚，穿着一双“老美华”的皮鞋。修长的手指，做得一手好针线，左右邻舍都夸她是一位贤妻良母。

在这一个学员的案例中，作者先描写了母亲的身材，接着又描写了肤色，然后描写容貌，然后又描写身材，这样的描写很明显是没有顺序的，阅读起来很不通顺，还是同样的内容，我们只需要按照顺序来描写，文字就会顺畅很多了。

我有一位慈祥、和蔼可亲的好母亲。她1.63米的个子，喜欢将裤脚挽起，微微弓起的腰背下有一双小脚，常穿着一双“老美华”的皮鞋。母亲终年留齐耳短发，皮肤白净且清瘦的脸庞上，让人印象最深刻的是，弯弯的眉毛中的那一颗褐色的小痣，眉毛以下，有一双明亮的大眼睛，高高的鼻梁。她秀丽的脸上始终面带慈祥的微笑。

按照从身材到容貌的顺序，立刻就会顺畅很多，我们对于母亲的印象也变得清晰起来，读者朋友可以自行对比。

本章内容，我们主要和大家沟通了关于人物描写的重要性，人物外在描写的元素，以及人物描写的原则和注意事项。作为一个立体的人物，除了外在的静态描写，更多的是人物内在的动态描写，我们将会在下一个章节和大家一起学习。

本章知识小结

一、回忆录人物塑造的重要性

二、回忆录人物外在描写：

容貌、着装、身材

三、人物描写的原则：

1. 抓住人物主要特征

2. 按照一定顺序进行描写

练习：选择自己回忆录中的人物，进行人物的外在描写。

Memories

第十章

回忆录中的人物塑造（二）内在描写

想要塑造一个成功的人物形象，除了人物外在描写以外，更重要的是内在的动态描写，因为人物外在往往是固定的，可是内在（动态）方面却一直在变化，比如，我们在不同的场合下，会说不同的话，或者在不同的境遇下，也会有不同的心理活动。在进行人物塑造的时候，其实外在和内在的描写是融合在一起的，不会孤立地分开，这里我们之所以分开来写，是为了让大家更好地理解和学习，并不是指在实际写作中也是如此。

对人物的内在，我们可以着重从语言、动作以及细节三个方面来写，为了方便大家的理解，对于人物的心理和神态，我们将会另外用独立的章节来进行讲解。

其实关于人物塑造，有一种比较高级的做法，叫作“展示不要告诉”，我们可以通过展示人物的语言、动作细节等，让读者自己去捕捉人物的个性和特征，而不是直白地直接告诉作者。这种写法，从古人开始就是非常推崇的，比如，古代诗人就非常讲究“咏雪不见雪”：

忽如一夜春风来，千树万树梨花开。

——岑参《白雪歌送武判官归京》

玉花飞半夜，翠浪舞明年。

——苏轼《和田国博喜雪》

不知庭霰（xiàn）今朝落，疑是林花昨夜开。

——谢道蕴《咏雪联句》

以上几位诗人，都在描写雪，但也都不约而同地没有提到雪字，接下来我们通过萧红的《回忆鲁迅先生》，来看对于鲁迅先生的人物刻画是怎样遵循了这一原则的：

鲁迅先生的笑声是明朗的，是从心里的欢喜。若有人说了什么可笑的话，鲁迅先生笑得连烟卷都拿不住了，常常是笑得咳嗽起来。

鲁迅先生走路很轻捷，尤其使人记得清楚的，是他刚抓起帽子来往头上一扣，同时左腿就伸出去了，仿佛不顾一切地走去。

——萧红《回忆鲁迅先生》

在这两段文字里，分别描写了鲁迅先生的笑声和动作，作者没有直接告诉我们鲁迅先生是一个什么样的性格，可是我们却从这样的描写中，很准确地判断出鲁迅先生的性格。通过鲁迅先生的笑声，我们能够了解鲁迅先生是一个清澈的、简单的、孩童一般性格的人。因为他笑声明朗，笑起来没有任何掩饰，会笑得连烟卷都拿不住。从鲁迅先生出门的动作，我们又可以判断出鲁迅先生做事爽快、迅速，不拖泥带水，因为他出门的时候，戴上帽子的那一刻，就直接走了出去。

我们再来看再上一个章节中关于堂姐描写的案例：

我的大姐，工程师，当年以每门成绩98分考进北京实验中学。工作中与男同胞一起上万丈塔顶，曾参加过卅万吨合成氨引进装置测绘工作。她为人干练，英姿飒爽，她的五官也都长得比较开，鼻子很大，星星般的眼睛，短短的头发，为人却又完全不一样，细致到像是有强迫症似的，所以她的内外反差比较大，我一直对她印象深刻。

在本章节里，我们把注意力放到这位学员对于堂姐的性格描写上，作者的描写不能说不对，可是用的是比较直白的写法，这种直白的写法由于太过枯燥，往往不能让人记忆深刻。如果是采用要展示不要告诉这个原则呢？会是什么样的效果？这位同学在经过辅导老师的帮助以后，做了这样的改变：

我的大姐，工程师，当年以每门成绩98分考进北京实验中学。工作中与男同胞一起上万丈塔顶，曾参加过卅万吨合成氨引进装置测绘工作。她喜欢梳干练的齐耳短发，五官长得很开，加上醒目的浓眉，表面上看，她更像一个爽快的男人，爱穿女式灰色列宁装，每个扣子都要紧贴前襟，下摆也要抚得平平整整，不允许有一丝的凌乱，像是有强迫症。

在修改版的文字里，通过堂姐对于穿衣的要求，刻画堂姐生活中的细致，会给读者留下更加深刻的印象。

我们再来看一位学员写的关于一位邻居姥姥的内容，他一开始是这样写的：

她不善交际，但在生活中，却十分勤快、认真、爱整洁，并且擅长做饭，她总能把家庭生活经营得特别好。

从原文中我们看到，作者没有任何案例证明，就只是直白地告诉了读者这位姥姥的特点，非常没有说服力，也打动不了读者，所以只有通过人物的所做、所言，我们才能更真实地触摸到人物。我们来看看修改后的内容，大家可以自己去做一个对比：

她言语不多，很少与人交往，身上往往一尘不染，整个人看上去端庄秀丽。她总能把家收拾得干干净净的，东西摆放得特别规整，那时候在农村，大家睡的都是大炕，铺的是编席，她总是把编席擦得油亮油亮的。给我印象最深的，就是她家每日三餐的饮食，都做得特别精致，每到逢年过节，她包的饺子都与众不同，那是一种特小的饺子，多种多样的馅料，包得特别精致好看。她每做一件事情都特别认真到位。

相信不用我多讲，大家也能判断出前后文章在塑造人物上的优劣。对于人物的内在描写来说，我们可以通过语言、动作和细节进行描写，现在我们进行一下拆解，通过案例来展示一下每个要素的描写方法，对于人物的行动进行描写，可以起到塑造人物的作用，我们来看一下在《三国演义》里，通过曹操两次杀人的动作，分别塑造了曹操什么样的性格：

例1：操与宫坐久，忽闻庄后有磨刀之声。操曰："吕伯奢非吾至亲，此去可疑，当窃听之。"二人潜步入草堂后，但闻人语曰："缚而杀之，何如？"操曰："是矣！今若不先下手，必遭擒获。"遂与宫拔剑直入，不问男女，皆杀之，搜至厨下，却见缚一猪欲杀。

例2：操不顾，策马便行。行不数步，忽拔剑复回，叫伯奢曰："此来者何人？"伯奢回头看时，操挥剑砍伯奢于驴下。

——罗贯中《三国演义》

相信大家都知道这个故事，曹操和陈宫在逃亡路上，路过曹操叔父吕伯奢家，借宿一宿，吕伯奢非常客气亲自去县里打酒招待他们。夜里，两人听到磨刀霍霍，认为吕伯奢要杀他俩。两人先下手为强，杀了吕家所有人，然后才知道杀错了，原来是吕家要杀猪招待他俩。俩人急忙上马逃亡，看到吕伯奢打酒回来，曹操却毫不留情杀了吕伯奢。

第一次杀人，反映的是曹操多疑、猜忌、狠毒的性格，而第二次杀人，反映了曹操的不义、狡诈的性格，他这种复杂的人物特点，通过这样两次的行动刻画了出来。

《老王》是当代文学家杨绛于1984年创作的一篇回忆性散文。文章以“我”与老王的交往为线索，回忆了老王的几个生活片段，刻画了一个穷苦卑微但心地善良、老实厚道的“老王”形象。老王的这种性格，也基本上是靠老王的动作和语言进行塑造的，而由于老王木讷的个性，因此语言运用得很少，大部分还是以动作来塑造人物，比如，下面这一段描写，大家可以体会一下：

有一年夏天，老王给我们楼下人家送冰，愿意给我们家带送，车费减半。我们当然不要他减半收费。每天清晨，老王抱着冰上三楼，代我们放入冰箱。他送的冰比他前任送的大一倍，冰价相等。

——杨绛《老王》

当然，动作描写也可以用来表现人物之间的关系，人和人之间的握手代表礼貌，拥抱则代表亲密，打打闹闹代表熟悉，等等。在朱自清的回忆性散文《背影》里，作者和父亲由于家庭和中国传统认知中父亲和儿子的关系的原因，已经很少进行交流了，可是毕竟血浓于水，父子之间还有着非常浓厚的感情，那怎么去表现这种情感呢？朱自清同样也是采用了大量的动作去表现的，而对于直接抒情，却非常克制：

我看见他戴着黑布小帽，穿着黑布大马褂，深青布棉袍，蹒跚地走到铁道边，慢慢探身下去，尚不大难。可是他穿过铁道，要爬上那边月台，就不容易了。他用两手攀着上面，两脚再向上缩；他肥胖的身子向左微倾，显出努力的样子。这时我看见他的背影，我的泪很快地流下来了。我赶紧拭干了泪。怕他看见，也怕别人看见。我再向外看时，他已抱了朱红的橘子往回走了。过铁道时，他先将橘子散放在地上，自己慢慢爬下，再抱起橘子走。到这边时，我赶紧去搀他。他和我走到车上，将橘子一股脑儿放在我的皮大衣上。于是扑扑衣上的泥土，心里很轻松似的。

——朱自清《背影》

作者进行了大量的动作描写，通过父亲拖着肥胖的身躯去给自己买橘子的行为，刻画出了深沉的父爱，同时也进行了大量的细节描写，细节描写是指细致地描绘在生活中出现的细微且又具体的典型情节，这些细节包括人物、事物或环境。我们可以从各个角度观察人物细节，通过细节描写，将人物的性格、形象生动地展现出来，能够让文章的层次提高，增加文章的可读性，让读者印象深刻。

现代作家孙犁在《荷花淀》里，曾经描写了这样一个场景，当水生的妻子，得知水生要上前线时，内心矛盾的情感，也是通过动作细节来展示的：

女人坐在小院当中，手指上缠绞着柔滑修长的苇眉子。苇眉子又薄又细，在她怀里跳跃着。当得知水生要上前线时，女人的手指震动了一下，想是叫苇眉子划破了手。她把一个手指放在嘴里吮了一下。

——孙犁《荷花淀》

水生的妻子因为听说水生上前线而非常担心，在这里，作者没有直接去描写，而是通过一个动作细节“女人的手指震动了一下，想是叫苇眉子划破了手。她把一个手指放在嘴里吮了一下。”侧面展示了这种心理上的变化。

用语言塑造人物，也是非常有效的方法，鲁迅先生曾说过：“如果删掉了不必要之点，只摘出各人的有特色的谈话来，我想，就可以使别人从谈话里推见每个说话的人物。”鲁迅先生也是语言运用的高手。

比如，在《孔乙己》一文中，主人公孔乙己所说的话其实并不多，却句句都是个性化和性格化语言，例如：

“你怎么这样凭空说人清白？”
“读过书，我便考你一考，茴香豆的茴字，是怎么写的？”
“对呀对呀，回字有四样写法，你知道吗？”
“不多了，我已经不多了。”
“不多不多，多乎哉，不多也。”

——鲁迅《孔乙己》

以上文白相间的语言，是孔乙己这个人物的语言特色，它准确、深刻、生动而有分寸地突出了孔乙己的性格。

在进行语言描写时，我们一定要注意，什么性格、身份、年龄、经历的人说什么样的话，也就是让角色自己说话，而不是以你的立场去代替角色发言，不然语言就会失去特色。另外，特有的腔调、节奏、口头禅式的话语可以让人物更贴近生活。

我们来看一个语言运用不太恰当的例子：

王志国是当时我的舍友之一，他是个年轻的四川人，普通话说得不好，我跟他交流时总遇到困难，他是个乐天知命、安于现状的人，也没读过什么书，很早就离开农村出来了，看到我利用空余时间还在奋笔疾书，准备来年的考试，就总劝我：“哎呀，何必这么韦编三绝呢？生活嘛，简简单单就好！”

这是我的一位学员在回忆录中关于他的一个舍友的语言描写，从前边的人物介绍里，我们可以看到这个人物没读过什么书，普通话也不好，是从农村出来的一个乐天知命、安于现状的青年，请注意“韦编三绝”这个词，是很难从这样的一个人物的口中说出来的。

“韦编三绝”出自《史记·孔子世家》，是说孔子读《易经》的次数之多，竟把编连简册的编绳翻断了多次。后就用来形容读书勤奋，刻苦治学。当我提出了这样的疑问的时候，这位学员也发现了这个问题，结合当时的实际情况，进行了调整：

王志国是我当时的舍友之一，他是个年轻的四川人，普通话说得不好，我跟他交流时总遇到困难。他是个乐天知命、安于现状的人，也没读过什么书，很早就离开农村出来了，看到我利用空余时间还在奋笔疾书，准备来年的考试，就总劝我：“哎呀，内闷努力抓嘛，生活噻，阔以就得行了。”

调整后，用了更加生活化的语言，并且加上了人物的方言，语言一下子变得生动起来。

还有一位学员，写到幼儿园的小朋友时，进行了这样的语言描写，“老师老师，通通在摇树，小树都快因此损坏了！”（通通是幼儿园的另外一位小朋友）这样的语言风格显然也是不符合人物的身份的。

在《红楼梦》中，曹雪芹的语言描写非常丰富，却又准确地符合每一个人物的身份特征和对话场景，我们欣赏一段关于王熙凤的语言描写，真的是精彩绝伦：

只听后院中有人笑声，说：“我来迟了，不曾迎接远客！”黛玉纳罕道：“这些人个个皆敛声屏气，恭肃严整如此，这来者是谁，这样放诞无礼？”

贾母笑道：“我才好了，你倒来招我。你妹妹远路才来，身子又弱，也才劝住了，快再休提前话。”

这熙凤听了，忙转悲为喜道：“正是呢！我一见了妹妹，一心都在他身上了，又是喜欢，又是伤心，竟忘记了老祖宗。该打，该打！”又忙携黛玉之手，问：“妹妹几岁了？可也上过学？现吃什么药？在这里不要想家，想要什么吃的、什么玩的，只管告诉我；丫头老婆们不好了，也只管告诉我。”

一面又问老婆子们：“林姑娘的行李东西可搬进来了？带了几个人来？你们赶早打扫两间下房，让他去歇歇。”

——曹雪芹《红楼梦》

王熙凤针对不同的谈话对象，语言的内容、口气都完全不同，刻画出了王熙凤八面玲珑的性格特点。

语言、动作以及细节的描写，对于人物描写来说，是动态的。而细节的描写，不仅仅局限于人物，在故事、环境里也同样是需要的，而人物的描写不仅于此，还包括人物的心理、神情以及人物关系处理等，这都是在回忆录中描写人物时需要学习的。

本章知识小结

一、人物塑造的核心原则：

要展示不要告诉

二、人物内在动态描写的三个要素：

语言、动作、细节

练习：对于之前课上描写的人物，加入人物的内在描写，形成完整的人物描写片段。

Memories

第十一章

如何让人物描写更传神

人物描写，本质就是用语言给人物画画，那么对于绘画而言，是形似重要还是神似重要呢？讲究神似是中国画的突出特点。据传，苏轼在题唐代画家戴嵩的《斗牛图》时，讲述了这样的一个故事：四川有位杜处士，珍藏着戴嵩的这幅真迹，有一天室外晒画，被路过的牧童看见，大笑不止。问他笑什么？牧童说："斗牛的尾巴是紧紧夹在屁股里的，就是力气再大的人也拔不出来，而画里的斗牛，尾巴竟翘了起来，还不可笑吗？"可是令人玩味不已的是，苏轼却在论画的诗中说："作画求形似，见与儿童邻。"意谓作画追求形似而不是神似，差不多是儿童的见解。

油画作品：《蒙娜丽莎的微笑》

作　　者：达·芬奇

创作时间：1504年左右

作品篇幅：77cm×53cm

达·芬奇的名画《蒙娜丽莎》，不光人物外形惟妙惟肖，而且性情端庄、温雅，尤其是她那微微启动的嫣然一笑，展示出其丰富深邃、无比微妙的内心世界，一直被人誉为“谜一样的微笑”“永恒的微笑”。据说一百个人看到这样的微笑，就有一百种不同的解读。

很显然，作为回忆录中的人物描写，写作上的传神，比单纯的形象的准确性要更能够达到塑造人物的目标，而传神的核心就是让读者能够主动思考，在脑海中形成画面感。

如何才能让笔下的人物更传神呢？首先要善于观察，发现人物内在与外在的与众不同之处。

比如世界名画《戴珍珠耳环的少女》是17世纪荷兰画家约翰内斯·维米尔于1665年创作完成的一幅油画，是他的代表作之一。现收藏于荷兰海牙莫瑞泰斯皇家美术馆。而这幅画作中最为人津津乐道的就是这个少女悲喜难辨的神情，她佩戴黄、蓝色头巾，气质超凡出众，宁静中恬淡从容、欲言又止的神态栩栩如生，看似带有一种既含蓄又惆怅的、似有似无的伤感表情，惊鸿一瞥的回眸使她犹如黑暗中的一盏明灯，光彩夺目，这就是神情带给我们的冲击。

神情包括表情和神态，表情是指喜、怒、哀、乐等面部表情，以及所延伸出的哭泣、笑容、皱眉等。神态是指通过人物的心理变化，所体现出的外在的神态改变，人物的神态不是一成不变的，而是随着环境不同一直发生着变化。

而对这些不同的神态，我们需要在描写时予以区别，用文字去把神情“画”出来，比如：

·难过：他耷拉着脑袋，脸上死气沉沉的，浑身没了力气。

·紧张：他不停地喘气，脸色苍白，身体颤抖着。

·愤怒：他紧咬着嘴唇，眉头皱成一个大大的“川”字。

·高兴：她欢喜得满脸飞红，眼睛像小灯笼一样闪烁着。

·发愣：两眼直直地望着前方，一动不动，像被钉在了地上。

前边的词语只是一种结论，如果我们在描写人物神情时，直接写出这种结论，显然是没有说服力的，我们要做的是把这种结论以一种读者能够想象到的表情、神态或者动作展现出来，就如我们上边的例子一样。可是往往很多初写者在写作时经常会出现这样的一些句子，“她难过极了”“她非常愤怒”“她高兴坏了”等，这样的句子苍白而干瘪，是向读者灌输你的看法，而不是让读者自己去认同。

神情描写不是孤立的，而是与语言、动作、环境等结合在一起的，其实不仅仅是神情描写，在描写一个人物的时候，我们很难孤立地进行人物的塑造。

在《红楼梦》中，刘姥姥进大观园的描写，就是通过刘姥姥的神态描写，以及描写周围的人不同的笑，塑造出许多个性迥异的人物形象。

贾母这边说声“请”，刘姥姥便站起身来，高声说道：“老刘，老刘，食量大如牛，吃个老母猪，不抬头！”说完，却鼓着腮帮子，两眼直视，一声不语。众人先还发怔，后来一想，上上下下都一齐哈哈大笑起来。湘云撑不住，一口茶都喷出来。黛玉笑岔了气，伏着桌子只叫“哎哟！”宝玉滚到贾母怀里，贾母笑的搂着叫“心肝”，王夫人笑得用手指着凤姐儿，却说不出话来。薛姨妈也撑不住，口里的茶喷了探春一裙子。探春的茶碗都合在迎春身上。惜春离了座位，拉着他奶母，叫“揉揉肠子”。地下无一个不弯腰屈背，也有躲出去蹲着笑去的，也有忍着笑上来替他姐妹换衣裳的。

贾母喜欢刘姥姥说话有趣儿，二人很投缘，请刘姥姥逛逛大观园，吃早饭时，刘姥姥给大家带来了大大的欢笑。

刘姥姥这么说的目的是，衬托贾府主子食量小，乡下人食量大。刘姥姥以此逗大家开心。然后描写的就是众人不同的动作和笑容，在这一段描写中，融合了神情、动作、语言描写，为我们呈现了一幅栩栩如生的众生相。

在描写方式上，我们可以直接对人物神情进行描写，直接描写又称正面描写，是与间接描写（侧面描写）相对的描写方法。是不借助任何媒介对人物神情进行的描绘摹写。

翠翠是沈从文《边城》中的女主人公，她成长于重义轻利、安信自约的淳朴风气中，又得山川灵秀，秀外慧中，自然分外绰约动人。她沐浴着自然的雨露，和着自然的节奏生长。她是大自然的女儿，是快乐无忧的天使，少女时期的翠翠清澈、透明、善良又充满了生命的活力，结合翠翠这种性格特点，沈从文在文章开始，是这样对翠翠的神情进行描写的：

翠翠在风日里长养着，把皮肤变得黑黑的，触目为青山绿水，一对眸子清明如水晶。自然既长养她且教育她，为人天真活泼，处处俨然如一只小兽物。人又那么乖，如山头黄麂一样，从不想到残忍事情，从不发怒，从不动气。平时在渡船上遇陌生人对她有所注意时，便把光光的眼睛瞅着那陌生人，作成随时皆可举步逃入深山的神气，但明白了人无机心后，就又从从容容地在水边玩耍了。

——沈从文《边城》

作者在此没有浓墨重彩地描写她的外貌，而是用“小兽物”“山头黄麂”几个简单的比喻烘托翠翠惊人的生动与活泼，展现她身上弃绝了世俗尘埃的纯真与清新，通过对于陌生人的神态的变化，我们发现，少女翠翠对于外界陌生人是有戒心的，但是这种戒心，确实是未经世事的戒心，这是一种小鹿一般的善良单纯的戒心，这样的神情描写，也与后来翠翠的人生灾难形成了鲜明对比。

由于神情不像外表一样客观地呈现在那里，她是变化的，是一种其他人主观上的认知，没有形状，也造成了神态描写上的难度，它可意会但是难言传，所以，在进行神态描写的时候，很多作者就会用取巧的方法，间接地进行描写，间接描写也叫作侧面描写。是指通过对周围人物或环境的描绘来表现所要描写的对象。

《陌上桑》是汉乐府中的名篇，属相和歌辞，又名《艳歌罗敷行》《日出东南隅行》，在对罗敷的塑造中，较早地采用了间接的描写手法：

行者见罗敷，下担捋髭须。少年见罗敷，脱帽著帩头。耕者忘其犁，锄者忘其锄。来归相怨怒，但坐观罗敷。

——汉乐府《陌上桑》

当然，在这里，间接描写不仅仅包括罗敷的神情，也包含罗敷的神情、仪态、相貌等描写。

提升人物神情描写能力的方法，首先就是多观察，通过观察，判断人物的动作、表情，反映了人物什么样的心理特征，很多作家会形成这样的习惯，无时无刻不对生活中的人物进行观察，阅读也是一种提升能力的好方法，可以刻意地去找到别人文章中的一些描写神情的段落，然后去揣摩这样的描写和人物之间的关系。

另外，有一些句式是积累的关于神情描写固定的写法，在一开始的时候，可以针对这些固定句式做句子的练习，看似很基础，却可以为未来的写作打下基础：

（1）什么样的什么显得怎么样；

（2）什么样的什么感觉怎么样；

（3）什么样的什么看上去怎么样；

（4）什么样的什么似乎 / 仿佛 / 好像怎么样。

这是四种描写神情的常用句式，结合日常观察，进行反复的练习。

比如：

她穿一件漂亮的上衣，一条紧身牛仔裤，一双锃亮的高跟鞋，脖子上戴着闪光的金项链，肩上披着长长的黑发，显得神气大方。

父亲总是穿一身整洁的中山装，浓密的头发又黑又直，加上一双深邃的眼睛，显得神采奕奕。

以上的例句，通过人物外在描写配合句式，衬托了人物神情。

再比如：

妈妈站在那里一动不动，两眼直望着前方，雨水打在身上，她也丝毫没有察觉，感觉好像失去了魂魄的躯壳，那么茫然，那么无助。我已经离开很远了，回头看时，妈妈还站在原地，感觉就好像要永远地在那里，用她慈爱的眼神注视着我，一直注视下去。

这是另外一种句式，“感觉”后面一般是心理描写，通过“我”的心理描写，去感知人物神情。

又如：

父亲张了张嘴，似乎想说什么，但还是沉默了，只是失望地看了我一眼，背过了身。在那一刻，我仿佛被电流击中，浑身颤抖着，泪水倾泻在脸上。此刻，老师一脸的灿烂，好像是盛开的鲜花，他为我终于考上中专而由衷地高兴。

“似乎”“好像”加上特定的词汇，可以采用修辞的手法，进行人物神情的描写。

再比如：

同桌戴着一副高度近视眼镜，穿着打着补丁的学生装，颧骨高突的脸上泛着红晕，看上去既像为自己能拿到这个分数欣慰，又像是认为还远远不够而害羞。

套用句式，多加练习，虽然是很基础的方法，但是对初学者却非常友好，等到运用熟练，就可以很自然地嵌入到日常的回忆录写作中去。

本章知识小结

一、神情描写的定义

二、直接神情描写和间接神情描写

三、如何对神情描写进行训练

练习：试着找到记忆中的四个人物，分别去描写人物的喜怒哀乐。

Memories

第十二章

回忆录中的人物关系处理（一）

有人的地方就有江湖，没有一个人能够孤立地在社会中存在而没有任何人际关系，人和人之间总是发生着这样那样的关联和冲突，这种关联相互作用，相互影响，又在不停地发展变化。在回忆录中描写人物，除了单个人物的塑造，这种人物之间关系的描写和处理也是必不可少的。

人和人之间的关系第一种叫作社会关系，比如，我们在工作中的上下级，老板和员工，上学时候的同学关系，师生关系，或者和陌生人的偶然的交集，都属于社会关系的范畴。第二种叫作利害关系，就是人和人之间的利益和损害，包括平等、分配等。第三种就是情感关系，既包含了血缘关系，如父子、父女、母子、母女、兄弟姐妹等，也包括没有血缘的亲密关系，如夫妻、配偶、恋人、朋友，等等。

回忆录中的人物也分为核心人物、重要人物和边角人物，核心人物也就是传主本身，他贯穿全文始终，引领全文的叙述，和书中所有人物都有着直接或者间接的关系。

重要人物是指在回忆录某一阶段或者某一章节需要描写的中心人

物，往往和传主有着直接关系，对传主有重大影响。边角人物则起到串联文章叙事情节、衬托主要人物的作用。

回忆录中人物关系呈现的首要原则就是突出传主，这一点是非常重要的，回忆录中的“我”即传主。他和小说中的第一人称不同，小说中的“我”只是一种用来满足写作目标用的虚拟称谓，可是回忆录中是真真实实的“我”，而“我”会始终贯穿全文。所有的故事叙事、人物塑造以及情感表达都是通过“我”来进行的，在回忆录中，“我”是无处不在的，切忌“我”的缺失，我们一起来看下边的案例：

我的父亲因战争右腿负伤，两条腿长短不均，国家民政部门每年都给他配发一双特制的皮鞋，穿上后走路就很难看出有残疾。

记忆中，父亲年轻时总爱穿白衬衫，领口扣得紧紧的，乌黑的小分头一丝不乱，黑色小头皮鞋擦得光亮，走着正步，俨然一个军人。

父亲热情和蔼，在单位对职工以诚相待，兄弟相称，没有厂长的官架子。那时经常有职工上我们家蹭饭。为此，我们对父亲意见很大，父亲总是笑着对我们说：做人不能太小气，父亲的朋友很多。

他在家里对家人体贴关心，我们最喜欢吃父亲做的财鱼片。无论工作多忙，每个月他都会带妻儿上电影院看一场电影。

然而，“文革”中挨批受整后，父亲的性格发生了颠覆性的变化，除家人外，不相信任何人，不与人交往，包括战友，工作也不要了，选择回家休养，沉默寡言成了常态，每天把自己收拾得干净整洁，在家看书。直到我们兄弟姐妹成家立业后，父亲才找回从前的自我。

——《父亲的变化》

如果从上边这段回忆录中寻找问题的话，那就是“我”的缺失，父亲在变化前，对“我”是怎样的，“我”对父亲的感觉是怎样的？而父亲变化之后，对“我”造成的影响是什么？“我”对于父亲这种变化又是什么样的感受？父亲这种前后的变化对于“我”和父亲的关系又造成了什么样的影响？这些在文章中都没有提到，如果这是一篇单纯的纪念父亲的散文，这样写是没有问题的，但如果是回忆录中的某个章节，就需要我们注意所写人物与传主的联系，我们再来看下一个案例：

一个冬日的晚上，北风呼呼，我被婆家人带回家。第二天一早，起床打开门，发现年迈的父母站在门外，惊讶地问："你们什么时间来的？"父亲拿下沾满霜冻的帽子和围巾，母亲用一双颤抖冰冷的手紧紧拉着我的手说："昨天夜里你跟他们回家，看到你临走时哭肿的双眼，我们不放心，外面天黑风大，你爸骑自行车驮我，还跌个跟头，把车摔坏了，我们跑来的。"没等母亲的话说完，泪水像断了线的珠子，再也控制不住……

在这个段落中，描写的主要对象是父母，而同时也重点描写了"我"和父母之间情感上的互动，所以阅读起来代入感就很强，也很容易打动读者。

人物关系呈现的第二个原则就是呈现人物关系变化，回忆录事件的过程本质是人物关系变化的过程，关系是"性质"与"相互影响"。"水往低处流"，有高有低就有流动——即有变化，并且这种变化是恒动的，文学就是人学，讲故事就是在讲人的事情。曾经亲密的恋人，会因为两地分隔变淡；曾经无话不谈的密友，会因为时过境迁，相对无言；年少时我们曾觉得父母给予的爱是理所当然的，逐渐长大后才明白父母背后的艰辛，这种关系的变化既会改变双方之间的认识态度，也会影响"我"对于其他事物的看法。

著名作家、散文家史铁生1981年发表了散文《秋天的怀念》（《南风报》），通过反映他和母亲之间的一种关系变化，描写了他对于母亲的爱与愧疚，也描写了这种关系的变化对于自己的影响。风华正茂却双腿瘫痪，这是任何一个人都无法接受的，所以，那一段时间，史铁生脾气暴躁，这时候的母亲则是原谅、理解、包容和守护。

双腿瘫痪后，我的脾气变得暴怒无常。望着望着天上北归的雁阵，我会突然把面前的玻璃砸碎；听着听着李谷一甜美的歌声，我会猛地把手边的东西摔向四周的墙壁。母亲就悄悄地躲出去，在我看不见的地方偷偷地听着我的动静。当一切恢复沉寂，她又悄悄地进来，眼边红红的，看着我。“听说北海的花儿都开了，我推着你去走走。”

——《秋天的怀念》

其实，这时候的母亲已经有了严重的肝病，经常疼得整晚睡不着，她却只字不提，怕增加儿子思想上的负担。而当史铁生从妹妹那里得知了这个消息以后，他受到了极大的震撼，开始试着去和生命和解，试着放下自己的痛苦，对母亲体贴一些。

可我却一直都不知道，她的病已经到了那步田地。后来妹妹告诉我，她常常肝疼得整宿整宿翻来覆去地睡不了觉。

那天我又独自坐在屋里，看着窗外的树叶“唰唰啦啦”地飘落。母亲进来了，挡在窗前：“北海的菊花开了，我推着你去看看吧。”她憔悴的脸上现出央求般的神色。“什么时候？”“你要是愿意，就明天？”她说。我的回答已经让她喜出望外了。“好吧，就明天。”我说。她高兴得一会坐下，一会站起：“那就赶紧准备准备。”

——《秋天的怀念》

母亲一直担心着作者的身体，可是最终，她却先离他而去，这时候的史铁生，已经从母亲对他的爱中获取到力量和勇气，不仅仅是对母亲，对生命也有了新的认识：

邻居们把她抬上车时，她还在大口大口地吐着鲜血。我没想到她已经病成那样。看着三轮车远去，也绝没有想到那竟是永远的诀别。

又是秋天，妹妹推着我去北海看了菊花。黄色的花淡雅，白色的花高洁，紫红色的花热烈而深沉，泼泼洒洒，秋风中正开得烂漫。我懂得母亲没有说完的话。妹妹也懂。我俩在一块儿，要好好儿活……

——《秋天的怀念》

《秋天的怀念》全篇不到一千字，主线就是作者和母亲关系的变化，对母亲的伟大的赞美，对母亲的思念和情感以及作者自己对人生的态度，都围绕着这个主线得以表达。

人物关系呈现的第三个原则，或者说是作用，则是通过人物关系呈现人物性格，这类似于照明原理，通过光线的直线传播原理，发生折射和反射。

我们常说，了解一个人需要观其言、察其行，这里的言和行其实就是人和其他人或者其他群体的关系，在这样的关系中的态度和处理方式，往往折射出一个人的性格特点。

人物关系呈现的第四个原则就是注意完整性。在回忆录中，人物关系呈现的完整性比其他体裁更加严格，需要完整地交代人物信息，回忆录每一段回忆的开头以及人物第一次出现时候，都需要解释清楚人物关系。

每年过冬的白菜都是我们自己准备，炊事员只负责给我们做，所以吃饭花不了几个钱。记得有一年，老辛联系到一个村的白菜，我们自己用“地排车”去白菜地里拉回学校，才1.5分钱一斤。有时候我们也自己做饭，用辣椒炝锅，五花肉炒白菜，特别好吃。

——《一个美丽的错误》

这一段回忆录内容里，就犯了这样一个“美丽的错误”，对于老辛这个人物以及和“我”和炊事员的关系没有做出完整的交代，就会让读者不明所以，不知道老辛这个人物在文章中的身份是什么，和文章内容有什么具体的关系。

呈现人物关系的第五个原则就是需要真实具体，这当然是回忆录写作的一个特点，人物关系呈现越具体，则越真实。

看见李老师，我们相拥而上，她马上伸出手，频频与同学一一握手，叫着同学的小名，绰号……大家纷纷与老师合影留念，举杯同饮，欢声笑语此起彼伏。几次师生欢聚的情景至今难忘。

家在上海的李老师，当她得知不少同学下岗，曾多次汇款给我们班长，赞助我们召开同学会。每逢同学会，大家都会与老师共享欢乐，难忘师恩，师生情深义重，同学情同手足。

在上边这篇文章里，李老师给下岗同学汇款支援的这个具体事件，才最能体现师生之间真挚的情谊。

在回忆录中，呈现人物关系时，要抓住核心关系进行描写，每个回忆录章节只围绕一组到两组核心人物关系，要有表达重点，不要乱。主次要分明，对往事而言比较重要的人物关系要详写，具体化，突出主体，其他人物关系设计要求不必很高，也不必作为重点，我们来看一位学员的作品：

例1：“孩子，热不热？渴了吧？梅呀，大热的天，让孩子热着可咋办？为啥不提前让爸来接你们……”听着父亲的埋怨，望着他老人家那被太阳晒得有些爆皮的后背，我的泪水和着汗水忍不住地流了下来……

谁能想到，他曾是战争年代冒着枪林弹雨出生入死的老革命？他曾是一位著名将军的贴身警卫员？可他阴差阳错地成了一位面朝黄土背朝天的老农民，默默无闻扎根农村五十余载，心甘情愿地在这片乐土上流血流汗，没要过国家一分钱的待遇。但他从没有一句抱怨，因为他总是想起那些牺牲的战友……

例2："姥爷，这么热的天，您为什么还在这里修路呀？您不怕热吗？"女儿好奇地问。

"姥爷是修路工呀，路修好了，才好走啊，姥爷习惯了，不怕热！哈哈……"那爽朗的笑声，清扫着柏油马路上那一层层的热浪……

——《修路的父亲》

这里的人物关系处理就是非常合理、主次分明的，回家的女儿带着外孙女，看到炎热的夏天顶着酷暑修路的父亲，女儿和父亲的关系是主要关系，外孙女和姥爷的关系是次要关系，所以在描写到父女关系时，从语言、动作、心理、历史等方面做了比较细致的刻画，而在描写次要关系的时候一笔带过，做一下交代就可以了。

回忆录中的人物关系是以"我"为中心的，可以以"我"为核心设计人物关系表，这样的话有利于筛选出重点人物关系，从而为正文描写做准备，给大家提供一些设计人物关系图的思路，用来参考。

（1）有恩人吗？是谁，为什么有恩？

（2）有引路人吗？人生的导师，是谁，为什么？

（3）谁是最亲近的人？为什么？

（4）有没有依赖您活着的人？是谁，为什么？

（5）您爱的人是谁？这个人爱您吗？为什么？

（6）谁把您当爱人，您爱这个人吗？为什么？

（7）谁是您的贵人？突然就让您发达了，产生了命运转折，是谁，为什么？

（8）谁是您的仇人？谁，为什么？

（9）谁是您的克星？谁，为什么？

（10）郁闷时，会找谁倾诉？为什么？

（11）遇到麻烦时，第一个电话打给谁？为什么？

（12）遇到高兴事，第一时间想告诉谁？为什么？

（13）您会找谁借钱？为什么？

（14）您会借钱给谁？为什么？

（15）最想回避的人是谁？为什么？

（16）最鄙视的人是谁？为什么？

（17）最尊敬的人是谁？为什么？

（18）最疼爱的人是谁？为什么？

（19）必须负责任的人是谁？为什么？

（20）最不敢抗命的人是谁？为什么？

（21）最心甘情愿为之付出的人是谁？为什么？

（22）最愧对的人是谁？为什么？

（23）有空的时候，最喜欢跟谁玩？为什么？

（24）谁最恨您，您会觉得最冤枉？为什么？

（25）可以为之赴汤蹈火的人是谁？为什么？

本章知识小结

一、突出传主

二、注意呈现人物关系的变化

三、呈现人物性格

四、注意人物信息的完整交代

五、真实具体地呈现人物关系

练习：以“我”为中心，做一份人物关系图。

Memories

第十三章

回忆录中的人物关系处理（二）

环境描写是指对人物所处的具体的社会环境和自然环境的描写。自然环境描写是指对自然界的景物，如季节变化、风霜雨雪、山川湖海、森林原野的描写。社会环境描写指对特定的时代背景或人物生活环境的描写，包括当地的风土人情和时代氛围等，也可以指一个家庭、一处住所，或者室内陈设等环境。

生命中的往事，由一个个场景组成，场景则由环境+人物+事件组成，所以环境描写在回忆录中是必不可缺的。环境描写在回忆录中不仅能够解释事件背景以及人物特征，也能去抒发情感，而环境的真实再现是回忆录的核心。在回忆录的环境描写中，要求做到身临其境，如见其人，如见其景，这种描写要求在其他文学体裁里是同样需要的，只是回忆录的要求会更加严格。在回忆录的写作中，环境描写一旦缺失，则会出现人物或者背景交代得不清晰的情况，我们来看下面的一个学员案例：

原文：

记得那还是我上小学三年级的时候，看到班里有一同学用单位的稿纸在做草稿本，我很是羡慕，心想：我也可以跟爸爸要一本做草稿本。

放学后，我没有回家，而是一溜烟跑到了爸爸的办公室，看看爸爸在不在，到那一看他的办公室门开着，爸爸正坐在办公桌前的椅子上，聚精会神地在写着什么。我很高兴，连跑带跳地来到他的身边，爸爸一抬头看到是我就说："放学啦？怎么不回家呀？"我开口就说："爸爸，给我一本稿纸吧，我要当草稿本。"

——《一支铅笔头》

如果站在环境描写的角度，我们会发现，在这一段文章里，其实没有对学校的环境和父亲办公室的环境的描写。如果单纯从故事的流畅度来看，其实是没有问题的，但是如果是回忆录的内容，难免会让读者产生一些疑惑，作者小学三年级的时候，处于哪个年代？那个年代的校园是怎样的？爸爸从事什么样的职业？为什么他会有稿纸给作者呢？

修改后：

记得那时我上三年级，1971年，我在镇子里的小学读书。我们当时的学校就是个茅草屋，里面破旧不堪。一个课间，我看到班里有一个同学在用家人单位的稿纸做草稿本，我很是羡慕，心想：我也可以跟爸爸要一些单位的稿纸来做草稿本。

放学后，我没有回家而是一溜烟跑到了爸爸的办公室，看看爸爸在不在，因为他当时是在乡村委员会工作，工作原因需要经常下乡或外出开会。我到那一看，爸爸的办公室门开着，也就放心了。记忆中那个办公室很小，光线很暗，阴阴冷冷的，地面还是土质的，裸露的砖墙发黑，起了木皮的、可供三四个人共同办公的大办公桌，摆放在屋子正中间，旁边红漆剥落的书柜里放满了《毛主席语录》一类的书。当时爸爸正一个人坐在办公桌前磨损的长板凳上，聚精会神地在写着什么。我很高兴，连跑带跳地来到他的身边，爸爸一抬头看到是我就说："放学啦？怎么不回家呀？"我开口就说："爸爸，给我一些稿纸吧，我要做个草稿本。"

对比前文，作者加入了关于环境（包括自然环境和社会环境）的描写，我们明白了当时作者上小学时所处的时代环境是在 1971 年，当时校园是很简陋的，而且当时物资匮乏，用废稿纸做草稿本这件事就显得很合理了。因为爸爸是在乡村委工作，那么爸爸会有一些废稿纸也就很正常了，同时对于爸爸的办公环境做了一定的细节描写，对于当时的画面重现也是符合回忆录的写作要求的。

在进行环境描写的时候，一定要有既定的顺序，由于环境的描写中所包含的元素比较多，所以顺序显得尤为重要。我们之前提到人物外在描写的时候，提到了顺序，而在环境描写中，顺序更为重要，环境描写的顺序可以有以下几种形式：

（1）按照空间顺序，比如，从上到下，从左到右，由远及近，或者从四周到中心等。

（2）观察的顺序分为两种，一种是定点观察顺序，也就是观察环境的人是固定的，按照视线所看到的顺序进行描写。

比如，杨本芬在《秋园》中，曾经这样描写环境：

清冷的月光照得大地一片惨白，星星越来越多，密密麻麻的，好像蚂蚁在打架。秋园茫然四顾，万籁俱寂，看不到尽头的河堤上没有房屋，没有人烟，只有点点时隐时现的磷火。

——杨本芬《秋园》

还有一种观察顺序叫作移动顺序，也就是说观察者是在移动的，随着观察者的移动，眼前的景色也在发生着变化，那么根据这种变化自然地把环境描写出来就可以了，比如，在《李敖自传》里，他是这样描写记忆中的禁烟局的：

第二天，到了太原以后，就住进禁烟局。禁烟局一进门，就是一块方形的大操场，一进门向左转是一条走廊，走廊左边，有一间间小房子，新的水泥味道，扑鼻而来。走到尽头，再向右转，也是同样的房子。

——李敖《李敖自传》

我们在第一章曾经提到过，回忆录中的一个核心艺术特点就是对于往事和场景的呈现，对于环境的重现，最好像地图一样，精准地呈现在读者眼前，可是如果描写的顺序出了问题，是很难达到预期效果的，我们一起来看学员的案例：

我出生的金竹园，是一个标准的四合院，位于半山腰的一大片平地上。全村围绕人工堤坝四周修建，堤坝呈长方形，分上下两部分；村庄房后有房，一户户向外扩展，紧紧连成一片。登高俯瞰，整个村庄酷似缩微版福建土楼，婴儿般睡卧在三面环山的盆地里；如果站在对面山头“花地崖”眺望，整个院子犹如一把巨大的灰褐色太师椅，背倚大山，脚踏实地，好不气派！不得不佩服最先迁徙到此地定居的祖辈之独到眼光。

在读这篇文章的时候，对于作者出生的村庄和四合院，相信朋友们都会有种很茫然的感觉，村庄的地理位置、院子的位置，等等，都不清楚，其实并不是作者遣词造句出现了问题，而是描写的顺序出现了错乱，可以试着将描写顺序做一下调整：

登高俯瞰我出生的地方，全村围绕人工堤坝四周修建，堤坝呈长方形，分上下两部分；村庄房后有房，一户户向外扩展，紧紧连成一片。整个村庄酷似缩微版福建土楼，婴儿般睡卧在三面环山的盆地里。

如果站在对面山头“花地崖”眺望，整个村子犹如一把巨大的灰褐色太师椅，背倚大山，脚踏实地，好不气派！不得不佩服最先迁徙到此地定居的祖辈之独到眼光。

而我出生的金竹园，是村中一个标准的四合院，位于半山腰的一大片平地上。

经过对顺序的修改，先描写村庄，然后描写院落，由外到内来进行描写，显得合理了很多。有了合理的描写顺序，就能相对精准地对环境进行重现。

而在实际写作中，环境的描写其实往往和作者的主观情绪结合在一起，同样的景物，由于作者主观情绪的差异，会出现截然不同的描写风格。比如，秋天，当作者关注的是丰收的果实、收获的喜悦的时候，呈现出的就是一种积极的、乐观的环境描写，而如果作者心境是低落的，则会更多地关注落叶、秋风等肃杀的要素，就如：

枯藤老树昏鸦，小桥流水人家，古道西风瘦马。夕阳西下，断肠人在天涯。

——马致远《天净沙·秋思》

其实，一切景语皆为情语，在作者笔下，情景是自然地交融在一起的：

此地风光真是秀美。当时是初夏，桃花、杏花早已零落；但是周围全是树林，绿树成荫，地上开满了各种颜色的小花，如锦绣一般。再往上看，是高耸入云的山峰。在平常时候，这样美妙的大自然风光，必然会引起我的兴趣，大大地欣赏一番。但是此时，我只防备头上的棒子，欣赏山水的闲情逸致连影儿都没有了。

——季羡林《牛棚杂忆》

在这里，美丽的风景和作者的心情形成反差，绝美的自然环境也唤不起作者低落的心情了。而在朱自清的经典散文里，作者把自己那种淡淡的哀愁和迷茫，也融入了对于风景的描写中，于是我们看到的荷塘月色的景物是朦胧的，仿佛隔着一层纱，代表了作者略带迷茫的心境：

荷塘的四面，远远近近，高高低低都是树，而杨柳最多。这些树将一片荷塘重重围住；只在小路一旁，漏着几段空隙，像是特为月光留下的。树色一例是阴阴的，乍看像一团烟雾；但杨柳的丰姿，便在烟雾里也辨得出。树梢上隐隐约约的是一带远山，只有些大意罢了。

树缝里也漏着一两点路灯光，没精打采的，是渴睡人的眼。这时候最热闹的，要数树上的蝉声与水里的蛙声；但热闹是它们的，我什么也没有。

——朱自清《荷塘月色》

对于环境描写尤其是自然环境的描写，我们还可以通过色彩的运用，来产生画面感、准确度，白居易的一首小诗《问刘十九》运用了不同的色彩，表达了雪后邀约好友小酌的温馨气氛：

绿蚁新醅酒，红泥小火炉。晚来天欲雪，能饮一杯无？

——白居易《问刘十九》

色彩与光影的搭配，会唤醒心底的种种情绪，可能是神秘、神圣或者活力与生命，一幅画作里，如果丢失了环境与色彩，往往意境全无，文字也是如此。上面这两幅图，可以有着鲜明的对比，在第一幅图里，两位赤脚的僧侣，漫步在松软的草地上，阳光透过树叶的缝隙，投在他们的身上，他们面朝阳光，我们可以想象到他们脸上虔诚的表情，营造出一种神圣的宗教氛围，而当我们把背景的色彩去掉以后，就只剩下两个单薄的剪影。

再来对比一下学员的案例：

原文：

我家院子，和邻居家的院子，仅有一道断墙相隔，断墙下是一棵茁壮的无花果树，无花果树旁，是露天水龙头洗漱台，再旁边是一个很大的水泥台子，上面总放着爸爸种的花。

修改后：

我家院子，和邻居家的院子，仅有一道断墙相隔，断墙下是一棵茁壮的无花果树。夏天，叶片的浓绿与果实的紫色相间，争相灿烂，无花果树旁，是露天水龙头洗漱台，水龙头上涂着那个年代很常见的绿色油漆，结满一直洗不掉的红锈，再旁边是一个很大的水泥台子，灰得有些单调，上面总放着爸爸种的花，含羞草、牡丹花、小桔梗。

这是对于记忆中的院落的描写，再加上色彩描写以后，小院子一下就有了生机和活力。

除了色彩，动静结合也是一种重要的写作手法。并且是以静为主，以动衬静的方式，形成意境和形象的和谐统一。

什么是动呢？一种是物理上的动，就是景物在外力作用下呈现动的状态，另外一种动则是主观上的，是我们想象出来的景物在动，动可以包括以下四个方面：

（1）眼睛看到景物的颜色、形状、构成；

（2）鼻子闻到景物散发出的气味；

（3）耳朵听到景物发出的声音；

（4）触摸景物时，手上的感觉。

静态与动态的关系有很多种，比如，动静结合、化动为静、化静为动、以动衬静、以静衬动等，以上这些关系我们其实都可以在描写环境的时候可以用到，在宋代诗人潘大临的《江间作四首》中，这样写道："沙明拳宿鹭，天阔退飞鸿。"静态的天空和动态的鸿雁动静结合，相映成趣。李白写道："遥看瀑布挂前川"将动态的瀑布，化为了静态，而在王安石笔下："两山排闼送青来"则是化静为动，以动写静了。

在回忆录的写作中，遇到人文景观的描写时，一般静态描写占的比例会比较大，比如，下文"小镇的街道很安静，石砖铺就的路面一尘不染。街道两边坐落着精致小巧的民居，墙面的颜色明亮而艳丽，门前的草坪和秋海棠花丛郁郁青翠。"而在写自然景观时候，动态描写的比重就会增加，如"乌云像赶集似的从四面八方聚拢过来，看着看着云层越来越厚，它们仿佛是玉帝派到人间的天兵天将。"

在回忆录中，除了以上所说的自然环境，还包括社会环境，社会环境跟我们传统意义上的理解有所差异，社会环境包括社会生活怎么样，当时自己周边的生活怎么样，时代、政策，以及相关的具体的景、街区、居室、风情、习俗，等等。社会环境描写不同于自然环境描写，在描写中往往会出现枯燥、单调和沉闷的问题。这就需要插入一两个戏剧性的细节，使其具有艺术活力。

在我们的记忆中，如桥、塔、喷水池、亭台楼阁、房屋、广场等的描述都属于社会环境，社会环境的描写非常容易流于单调和枯燥，可以适当增加一些想象，插入一两个戏剧性的细节，来规避这种情况的发生，比如，俞继抗笔下的《咸亨酒店》：

> 咸亨酒店临街朝南。店外石板道的东侧倚壁，竖立着一座四柱塔形照牌。塔高二丈许，顶有瓦，有檐，檐下外侧悬一大"酒"字。四柱似竹，塔体中空。唯朝西一面有黑底，大书"咸亨酒店"四个金字，在斜阳下熠熠生辉。大字下，佝偻着身子的孔乙己画像，面对身旁的酒坛，像是在琢磨酒的好坏，又好似在迎接四方赶拢的酒友。
>
> ——俞继抗《咸亨酒店》

如果只是单纯地描写酒店的外形和结构，就会非常的无趣，加上了对于孔乙己的描写，以及联想到了当时的一些场景，语言就生动多了，当我们在写回忆录中的建筑时，多去增加一些和建筑相关的历史故事，围绕着“我”和建筑物之间的关系，以及建筑物曾经发生的人和事，都会起到丰富内容、提升深度的作用，我总结了一个关于建筑物的描写流程：

（1）寻找章节里需要写到的重点建筑物；

（2）介绍建筑物的相关信息；

（3）用一两句话精练概括出它的主要特点；

（4）描写建筑物的外部特征；

（5）再次总结建筑物的整体特点，并表达自己对这一特点的评价；

（6）写围绕着建筑物的个人往事。

这当然不是一成不变的，也不应该成为一个公式，写作的乐趣就在于作者有着极大的创作自由度。

本章知识小结

一、环境的分类：

1. 自然环境和社会环境

2. 环境描写和情感抒发

二、环境描写顺序：

1. 定点顺序和移动顺序

2. 环境描写中的色彩运用

3. 环境描写中的动静结合

练习：选择记忆中的一个景物，进行自然环境或者社会环境描写。

Memories

第十四章

回忆录中的场面描写

什么是场面？

场面是记叙性文学作品发展过程的基本单位，是人物与人物在一定的时间与环境中互相发生关系而构成的生活场景的画面。随着人物性格和故事情节的不断发展，场面也在不断地转换和变化。

看到这个定义，我们可能对场面的定义还是一头雾水。可以这样理解，场面是由人物（人物关系）、时间、环境三个要素组成的。

场面描写是对一个特定的时间与地点内许多人物活动的总体情况的描写。它往往是叙述、描写、抒情等表述方法的综合运用，是自然景色、社会环境、人物活动等描写对象的集中表现。

场面描写的对象、表述方法都是综合的，融合了人物、关系、事件、情感、环境，等等，所以场面描写具备一定的写作难度。场面描写要表现一种特定的气氛，单一的表达方式和写作手法是不够的，要综合运用记叙、描写、抒情、议论等表达手段，以及映衬、象征等多种手法，才能使场面变成一幅生动而充满感染力的图画。为了避免大家对于场面描写产生混乱，我们总结了几个场面描写的切入点，逐一做一下分析和展示：

（1）总括；

（2）交代清楚场面的背景；

（3）在写好总体的基础上写具体；

（4）写出气氛；

（5）写场面要有顺序。

总括就是交代场面的性质和类型。场面描写中涉及人物、事物、环境，等等。在场面描写中，人物可以是一个，也可以是很多个，可以是一件事物，也可以是多个事物，可以是固定环境，也可以是变化中的环境。但是归根结底，场面描写要为表现人物服务，为突出中心服务。

杨本芬在回忆小说《秋园》中，描写了秋园出嫁的场面，热闹的结婚场面与独自坐在花轿里忐忑不安的秋园形成了鲜明的对比。在这里，场面的热闹是为了衬托秋园的不安，场面是为人物服务的。

秋园出嫁那天，看热闹的人山人海。送亲的和迎亲的分乘八顶蓝色大轿，这叫双娶双送。新娘子坐一顶花轿，吹鼓手在一旁奏乐，这种出嫁场面当时在洛阳算得上高规格了。结婚典礼在河洛饭店举行，主婚人是国民政府军处的参军，国民政府主席林森送了贺喜对联。

秋园躲在红绸布后面，对外面的热闹心不在焉，只是迫不及待想看看自己的丈夫到底是怎样一个人，便偷偷地掀起盖头来。新郎一副文官打扮，头戴礼帽，脚蹬圆口皮鞋，胸前戴朵大红花，国字脸白白净净，面相诚笃忠。此时此刻，秋园才算放了心。

——杨本芬《秋园》

在写场面时，同样要注意交代清楚背景，如活动场面发生的时间、地点、环境等，这样人们才知道场面是在怎样的社会或自然环境中发生的。

写场面时，要对场面有总体概括，使读者对总体面貌有所了解。但场面同时也应该有重点部分，对这部分要写详细、写具体，做到有点有面。

医生还没有到，夕莹就一动不动地断气了。从病到死，她一直安安静静的，没喊过一声，没睁开过眼睛……她没力气。

仁受把夕莹紧紧抱在怀里，让夕莹的脸贴着自己的脖子，一只手梳理着她依然如黑缎子般的头发，泪水在脸上横流。秋园挺着个大肚子，全然不顾自己就要生了，哭喊着，捶打着，撕扯着，恨不得要把自己弄死。之骅的喉咙哭痛了，连话都讲不出来，只死死地抱着秋园，一家人哭成一团。

——杨本芬《秋园》

这是《秋园》中，夕莹死的时候的场景，夕莹是秋园的亲妹妹，在一开头对于场景做了总括交代以后，接下来就是对于仁受、秋园、之骅在这个场景之下的具体描写，营造了一种悲怆的氛围。

在进行场面描写的时候，一定要写出气氛，不同的场面，有不同的氛围主题，如庆祝场面有欢乐的气氛；比赛场面有紧张的气氛；送别场面有难舍难分的气氛，等等。

后生们的胳膊、腿、全身，有力地搏击着，疾速地搏击着，大起大落地搏击着，它震撼着你，烧灼着你，威逼着你，它使你从来没有如此鲜明地感受到生命的存在，活跃和强盛。它使你惊异于那农民衣着包裹着的躯体，那消化着红豆角角老南瓜的躯体，居然可以释放出那么奇伟磅礴的能量！

——刘成章《安塞腰鼓》

场面是庞杂的、立体的，由人、事、景、物组合起来的综合画面，不可能几笔就同时都写出来。因此，写场面时要安排好先后的顺序，一般来说，场面描写可以按照由面到点来安排顺序。

1976年1月8日，饱受病痛折磨的周恩来总理在北京逝世，与世长辞。顷刻间，世界震动！山河失色！大地举悲！三天后，载着周总理遗体的灵车缓缓驶过长安街，百万群众自发地伫立在街旁，悲痛欲绝，目送总理，迟迟不愿离去！

对于这样一个庞大的场面，应该怎样去描写呢？我们先来看一下原文：

天灰蒙蒙的，又阴又冷，长安街两旁的人行道上挤满了男女老少。路那样长，人那样多，向东望不见头，向西望不见尾。人们臂上都缠着黑纱，胸前都佩着白花，眼睛都望着周总理的灵车将要开来的方向。一位满头银发的老奶奶拄着拐杖，背靠着一棵洋槐树，焦急而又耐心地等待着。一对青年夫妇，丈夫抱着小女儿，妻子领着六七岁的儿子，他们挤下了人行道，探着身子张望。一群泪痕满面的红领巾，相互扶着肩，踮着脚望着，望着……

——吴瑛《在沉痛悼念的日子里》

在这个场面描写里，作者先对整体的场面进行了描述，对于天气以及人物群像做整体叙述，进而又对人群中的老奶奶、青年夫妇、戴着红领巾的青少年分别做了点的叙述，从而由面到点，勾勒出了人民群众送总理的整体画面。

需要注意的是，场面描写依然不能为了描写场面而描写。场面描写依然是为塑造人物、表现主题而服务的。有的场面描写要刻意渲染气氛，或喜悦、恬静、悲怆或紧张，让人物在一定环境中真实地展开活动；有的场面描写着重突出主题，或明示，或暗点，让人物在活动中完成自己的使命，在具体的场面描写中自然流露出作者的倾向。

场面描写和环境描写比较相似，但又有着差异。场面描写是由人、事件、环境构成的。场面描写就像一盘大杂烩。相比而言，环境描写仅仅包括社会环境和自然环境这两个方面。场面描写定下全文的基调，或喜或悲或隆重。环境描写只反映某一段或一篇的情感，场面描写较为客观，不掺杂作者的喜怒哀乐。相反，环境描写则包括了作者的情感在内。

本章知识小结

一、场面描写的定义

二、场面描写步骤：

1. 总括

2. 交代清楚场面的背景

3. 在写好总体的基础上写具体

4. 写出气氛

5. 写场面要有顺序

三、场面描写与环境描写对比

练习：选择记忆中的某一个场面，试着把它写下来。

Memories

第十五章

回忆录的细节描写

记忆是非常奇怪的事情，它并不由我们所控制和支配，即使是我们自己所亲身经历的，好像也是笼罩在时间的迷雾中，需要我们穿过迷雾去寻找。有时候，明明是发生在近期的事情，却已经不记得了，而非常久远的一些事，反而会非常清晰。你说记忆可靠吧，但是有一些事情，真实发生在你的身上，可是它在记忆里却荡然无存，好像从未发生过。你说记忆不可靠吧，可是明明你会记得很多细微具体的事情，甚至包括某个人的某一句话，某个细微的表情，某个动作，或者某一次你和父母离别时的真切感受，或者某次当你把头靠在爱人身上时所感受到的温暖。这些生活中的细节，在记忆时那么清晰，把这些细节记下来，会极大增强回忆录的代入感。生活脉络的叙述，以及这些细节的描写，在回忆录中穿插闪回，组成了精彩的人生记录。

本章我们会从技巧的角度来聊一下如何记录这些珍贵的细节，也就是如何进行细节描写。所谓细节描写就是把细小事物，如一个动作、一种表情、一个特点，用特写镜头把它放大，通过准确、生动、细致的描绘，使读者“如见其人”“如睹其物”。通过这个定义，我们就能清楚，所谓细节描写，是需要我们进行还原的，是把记忆中的画面，再现在你的笔下的。

回忆录中的细节是没有界限的，可以是一句话、一个动作、一个场景、一个神情，也可以是动作细节、语言细节、外貌细节、情节细节。在回忆录中，注重细节的描写，可以起到以下四个作用：

（1）可以推动情节的发展，促成情节的曲折和复杂；

（2）可以刻画人物，表现人物鲜明的个性；

（3）可以展现环境、景物的独有特征，烘托氛围和气氛；

（4）可以揭示主题、增强主题的表现力。

细节描写可以应用在回忆录所有的描写要素中，现在我们客观地对细节描写进行一下分类！

下图中，前四种细节描写，是为人物塑造服务的。哪一种描写手法能更好地塑造人物，就自然地采用，不能生搬硬套，如《儒林外传》里塑造了一个经典人物——严监生。

细节描写类型：

细节描写类型：
- 动作细节
- 心理细节
- 外貌细节
- 语言细节
- 景物细节

严监生，名大育，字致和，四十多岁，广东高要县人。因是个监生，故称严监生。他是严贡生的胞弟，但兄弟俩早就分家住在两个宅里。家有十多万银子，可谓巨富，却极其胆小和悭吝，这种吝啬性格的塑造，在他快离世前，通过动作细节的描写，达到了高潮。

严监生喉咙里痰响得一进一出，一声不倒一声的，总不得断气，还把手从被单里拿出来，伸着两个指头。大侄子走上前来问道：“二叔，你莫不是还有两个亲人不曾见面？”他把头摇了两三摇。二侄子走上前来问道：“二叔，你莫不是还有两笔银子在哪里，不曾吩咐明白？”他把两眼睁得滴溜圆，把头又狠狠地摇了几摇，越发指得紧了。奶妈抱着哥子插口道：“老爷想是因两位舅爷不在跟前。故此纪念。”他听了这话，把眼闭着摇头，那手只是指着不动。赵氏慌忙揩揩眼泪，走近上前道：“老爷，别人说的都不相干，只有我晓得你的意思！你是为那灯盏里点的是两茎灯草不放心，恐费了油。我如今挑掉一茎就是了。”说罢，忙走去挑掉一茎。众人看严监生时，点一点头，把手垂下，登时就没了气。

——吴敬梓《儒林外史》

为了表现严监生吝啬的性格特点，作者在这个片段里用了大量的动作细节，做了细致的描写，包括手指的动作，睁眼闭眼的动作，以及摇头点头的动作。最终再挑掉一茎灯草，心愿已了，手一垂，才咽了气。

在鲁迅的《故乡》中，是这样描写中年闰土的：

他（闰土）站住了，脸上现出欢喜和凄凉的神情，动着嘴唇，却没有作声。他的态度终于恭敬起来了，分明的叫道：“老爷！……”

——鲁迅《故乡》

注意闰土的神情，他是欢喜和凄凉的，为什么欢喜呢？是因为见到了儿时玩伴的那种久别重逢的喜悦。为什么又是凄凉的呢？因为早已经时过境迁，闰土背负着生活巨大的担子，艰难地生存，而他和主人公之间也已经有了一条深深的阶层的鸿沟。年少时那种单纯的关系一去不复返了，他有很多话想说，却又觉得说不出口，不合时宜，所以他动着嘴唇，却发不出声音。而最终，他还是恭敬地叫了一声老爷，这里可以说是对于闰土的神情细节的描写。但是这种神情的变化，也折射出来了闰土的心理变化。

当然，动作和神情的细节描写也可以结合在一起，比如，《红楼梦》中对于刘姥姥的刻画。

贾母这边说声："请！"，刘姥姥便站起身来，高声说道："老刘，老刘，食量大如牛，吃个老母猪，不抬头！"说完，却鼓着腮帮子，两眼直视，一声不语。众人先还发怔，后来一想，上上下下都一齐哈哈大笑起来。

——曹雪芹《红楼梦》

既有刘姥姥的动作细节，也有语言细节，还有关于神情的细节描写，我们知道了在描写语言的时候，基本上是不可能把生活中的语言进行重现的。可是，为了用语言去塑造人物，就会采用大量的语言细节，甚至可能比生活中的语言更丰富，林黛玉初见王熙凤时的情景：

一语未了，只听后院中有人笑声，说："我来迟了，不曾迎接远客！"黛玉纳罕道："这些人个个皆敛声屏气，恭肃严整如此，这来者系谁，这样放诞无礼？"心下想时，只见一群媳妇丫鬟围拥着一个人从后房门进来。

贾母笑道："你不认得他，他是我们这里有名的一个泼皮破落户儿，南省俗谓作'辣子'，你只叫他'凤辣子'就是了。"黛玉正不知以何称呼，只见众姊妹都忙告诉他道："这是琏嫂子。"

——曹雪芹《红楼梦》

这是曹雪芹在《红楼梦》中描写的一个片段，是我们之前展示过的一个案例，我们可以从细节的角度再去分析它。在这里，大量的语言细节的描写，既是刻画人物性格，也是在展现人物身份。

而我们有一位同学，在他的个人回忆录中，是这样描写他可爱的外孙的：

毛毛是个机灵淘气的孩子。他胖乎乎的脸上长了一对调皮的大眼睛，眼帘忽闪忽闪的，那两颗像黑宝石似的大眼珠只要一转，鬼点子就来了。在他那黝黑的脸上，不论是那鼓鼓的腮帮，还是那薄薄的嘴唇，或者那微微翘起的小鼻尖，都使你感到滑稽逗人。

作者抓住了毛毛外貌上的细节，鼓鼓的腮帮，薄薄的嘴唇，忽闪忽闪的眼帘，一个可爱的小机灵鬼跃然纸上。

在进行细节描写的时候，我们可以发现，没有华丽的辞藻，没有优美的句子，只是真实地再现，就足以打动人心。所以细节描写，我们通常会采用白描的手法来写，鲁迅概括白描法的特点时说："有真意，去粉饰，少做作，勿卖弄而已。"这就是说，白描首先要符合生活真实，要写得真诚、平易、不矫揉造作、不卖弄文笔，只平平实实写出人物的风貌特点而已。杨本芬在《秋园》里这样描写了一位老和尚：

老和尚黄皮寡瘦，灰白的光脑壳上，九个白点十分显眼。他生活清苦，炒菜时，一只手抓着油瓶，颤颤巍巍地滴上一滴，生怕失手倒多了。加上老眼昏花，脑壳简直栽到了锅里，整个脸都贴了上去，看着就像是用鼻子嗅闻。

有时也能看到他提个篮子去买豆腐，回来时总是气鼓鼓的。原来菜篮里被人塞进了活蹦乱跳的黄鳝，泥鳅，也有死的。活的要赶紧放生，死的要挖洞埋掉，搞得他手忙脚乱。这都是细伢子们的恶作剧。

——杨本芬《秋园》

这一段描写里，无时无刻不在刻画细节，老和尚头上的九个白点，是外貌上的细节。老和尚颤巍巍地拿油瓶，把脸贴到锅上，是动作细节。遇到恶作剧气鼓鼓的，是神情细节。仅仅只用这样的白描写法，就把一个有着浓浓烟火气的老和尚刻画得栩栩如生。

白描的手法是非常适合在回忆录中运用的，它是一种大道至简的写法。运用白描的手法写细节，最重要的是要有生活观察，而由于回忆录是写自己的故事，所以就具备了可以写得既朴素又精彩的基本条件。因为在小说里，会加入一定的虚构的细节，但是这种虚构的细节，必须有真实感，所以对作者的写作能力和技巧要求会比较高。而回忆录里的细节，本身就是真实存在的，只要把它进行还原就可以了，这也是回忆录创作门槛低、人人都能写出来的原因之一。

我们一位同学在他的回忆录里，是这样用白描的手法写他母亲的：

母亲的乳名叫娥，外婆叫她娥崽。美丽的女子为“娥”，母亲配得上这个字。看过母亲最早的照片是她念中学时候的，椭圆的脸，眼睛妩媚中透着自信，眼角稍稍上扬，直鼻薄唇，头发尤其浓密，1.62米的个子在那个时代算是高挑的。

母亲是江西兴国人，童年也是在那里度过的。外公家是地主，除了有不少的地，祖上还行医，并经营着酱油坊、书店和印刷厂，母亲又是独生女，想来童年的生活是优渥的。

想把细节写成功，可以参考绘画中的工笔。工笔是采用工整细腻的笔法把描摹对象纤微毕现地再现出来，画面线条严谨，一丝不苟。与“写意”相对而言，用工笔法描绘外貌，可穷形尽相；刻画心理，可细致入微；表现动作，可淋漓尽致。

工笔描绘必须讲究艺术性和辞藻的优美，使人物形神兼备，唤起人对于表现对象的审美想象，看看巴尔扎克是怎样描写葛朗台的吧。

至于体格，他身高五尺，臃肿，横阔，腿肚子的圆周有一尺，多节的膝盖骨，宽大的肩膀；脸是圆的，乌油油的，有痘瘢；下巴笔直，嘴唇没有一点曲线，牙齿雪白；冷冷的眼睛好像要吃人，是一般所谓的蛇眼；脑门上布满皱褶，一块块隆起的肉颇有些奥妙；青年人不知轻重，背后开葛朗台先生玩笑，把他黄黄而灰白的头发叫作金子里搀白银。鼻尖肥大，顶着一颗满着血筋的肉瘤，一般人不无理由地说，这颗肉瘤里全是刁钻促狭的玩意儿。

——巴尔扎克《欧也妮·葛朗台》

像不像作者拿着一支工笔，把葛朗台给我们一笔一笔认真地画了出来，描写的点包括身材、腿肚子、膝盖骨、肩膀、圆脸、牙齿、脑门……这在常规的外貌描写中基本是不会出现的。和我们说的描写要抓住主要特点的原则是不相符的，但是因为抓住了细节，所以反而不琐碎，没有掉到平均主义的陷阱里。可以看到，工笔写法就是专门为细节描写而生的，只要采用这样的写法，笔下就全是细节。

刚才我们举的例子是用细节来塑造人，在描写景物的时候，把景物细节写得细致入微，也同样很有必要。这种景物的细节描写，既能够把景物形成画面，也可以渲染气氛，烘托氛围。

叶圣陶笔下的《夜》是这样的：

一条不是很整洁的巷子里，一幢一楼一底的屋内，桌上的煤油灯发出黄晕的光，照得所有的器物模糊，惨淡，好像反而加浓了阴暗。

1927年4月12日蒋介石在上海发动的反革命政变，仅3天，即有300多人被杀，500多人被捕，5000多人失踪。

——叶圣陶《夜》

所以，叶圣陶笔下的夜是绝望的夜，悲惨的夜，通过对于灯光的细节描写，加深了这种悲愤的气氛。景物的细节描写，需要抓住特征写具体。我们在写景物的时候往往想描写全貌，而两者并不矛盾，他们是互相配合，互相服务的。全貌展示的是画面，细节突出的是重点，抓住主要特点写细节，切不可面面俱到。

写景状物一般要对所写植物、动物、自然景物、建筑物、社区环境做“镜头特写”，特写不能太笼统，要逼真、有层次，这就必须把一个整体的东西分解为若干细部来描写。

当我们进行细节描写的时候，往往是全方位的，很少会单一地只用一种细节类型去服务，动作和神情，神情和心理，心理和情感，情感和景物，往往都是糅合在一起的。你中有我，我中有你，因为这些描写的目标是一致的，就是刻画人物，抒发情感，以及真实的场景再现。

本章知识小结

一、细节描写的定义

二、细节描写的分类及应用

练习：选择记忆中的某一个场面，试着把它写下来。

Memories

第十六章

回忆录中的对话描写

按照传统的理解，对话分为对白、独白和潜台词。对白指两个或更多的人用语言交谈。独白是作者在某一时刻表达内心复杂情绪的内心自白，独白通常更加直入人心。潜台词即没有说出来的言外之意，可以理解为“话中话”，潜台词的处理难度往往更大。所以，在回忆录的撰写中，涉及比较多的是对白（也就是对话）和独白。

对话可以起到推动情节、塑造人物、体现主题的作用，记得第一次读到余华的《活着》的时候，我被里面人物的对话深深地震撼到了，尤其是当福贵的女婿二喜死了以后，福贵和外孙苦根的对话。在二喜刚刚死的时候，苦根的对话是这样的。

他们说二喜死的时候脖子突然伸直了，嘴巴张得很大，那是在喊他的儿子。苦根就在不远处的池塘旁，往水里扔石子，他听到爹临死前的喊叫，便扭过去叫：“叫我干什么？”

他等了一会，没听到爹继续喊他，便又扔起了石子。直到二喜被送到医院里，知道二喜死了，才有人去叫苦根：“苦根，苦根，你爹死啦。”

苦根不知道死究竟是什么，他回头答应了一声：“知道啦。”

有几个女的（邻居）还哭了，她们摸着苦根说：“这孩子真是命苦。”苦根不喜欢她们把眼泪掉到他脸上，拉着我的手一个劲地催我：“走呀，快走呀。”

——余华《活着》

苦根年龄很小，不知道死亡意味着什么，会给自己的生活带来什么样的变化，这样的对话和父亲的死亡，这样巨大的灾难形成了强烈的冲突。而当苦根真正意识到自己的父亲离开了自己以后，他和福贵的对话则更加催人泪下。

到了傍晚，苦根看到他爹还没有来，有些急了，小嘴巴翻上翻下把话说得飞快，我是一句也没听懂，我想着他可能是在骂人了，末了，他抬起脑袋说：“算啦，不来接就不来接，我是小孩认不了路，你送我回去。”

我说：“你爹不会来接你，我也不能送你回去，你爹死了。”他说：“我知道他死了，天都黑了还不来领我。”

——余华《活着》

对话中，孩子这种违反基本常理的对话内容，形成了一种强烈的冲突，更增加了悲剧的悲怆感，直接让感性的读者破防。

在这里，叙述和对话是夹杂在一起同步进行的，有的作者擅长使用对话，可以直接用大量的对话代替叙述本身，其实是有一定难度的。作为回忆录来讲，因为是第一人称的写法，并且是以叙事为主，不需要人为地去制造情节上的冲突和高潮，所以对话在叙事中占的比重并不是很大。但是我们了解对话的作用，了解对话常用的四种方式，以此去丰富回忆录，增加回忆录的文学性，还是非常有必要的。

第一种对话方式，根据结构特点，我们可以起名叫作牵羊式，也就是先交代谁说（说明性部分），后写说了些什么（引文部分），这是最常用的一种对话方式，比如：

例1：忽然，她跳起来拍着屁股说："咱俩先换过来，我妈是高级裁缝，她能把裤子的口子缝得一点儿都看不出来。"

——张之路《羚羊木雕》

例2：奶奶突然说："算了吧，这样多不好。"

——张之路《羚羊木雕》

把对话的人物以及人物的动作、神态等，放在对话内容的前边，这就是牵羊式的对话形式。

也可以把对话的内容放在前边，把说明性的文字放在后边。主要目的是强调所说的话，正好和牵羊式的形式相反，这种对话方式我们给他起了个名字叫作推车式，比如：

"那只羚羊木雕哪儿去啦？"妈妈突然问我。

"爸爸不是说给了我吗？"我小声地说。

——张之路《羚羊木雕》

大家可以体会一下两种不同的形式所带给我们不同的阅读感受。很显然，第一种方式是以说话的人物为主，而第二种方式则更突出对话的内容。

在对话描写中，我们还需要常常把这两种顺序打乱，即将某某说插入引话的中间（说后边用逗号），叫作挑担式，这个名字很形象，这种对话描写，基本上是因为三种情况的描写需要而采用的。

第一种是在描写中，需要插入对话人的动作或者神情，比如：

“妈妈！”孩子委屈地摇着我的手臂，喃喃地说：“有了熊皮，不是可以给阿婆做熊皮手套了吗？”

——王周生《这不是一颗流星》

在对话的中间，加入了孩子的动作和表情。

第二种是人物说的话比较长，前面的又必须将引话与别人的对话紧密相接，把“某某说”（说明性文字）放在最后又相隔太远，比如：

那老头一跳脚，从怀里掏出一把崭新的票子，扯着嗓子嚷道：“你要那么说，我出14块钱！”

“我出15块钱！”

“我出……”

“你这个人真是自不量力！”姑娘好像生了很大的气，瞪了老头一眼说：“你干一天活，挣几个钱，充什么大肚子汉呢？15不要，14不要，12也不要，看在你来得早，凭着你那票子新鲜，依你，10块钱搬走吧！记住，原产墨西哥，免得叫人再拿扇子拍你！”

——贾大山《花市》

在姑娘与老头的对话中，采用了挑担式的方式，首先为了语言的衔接更流畅，把姑娘说的第一句话“你这个人真是自不量力！”放在了前边，而在这个对话里面，由于姑娘说的话比较长，中间不做交代，又容易引起对话的人物缺失，所以中间夹杂了对于说话的对象的“生气”神情做了一个插入。而接下来的对话则解释了姑娘生气的原因，以及最后所做的决定。

最后一种是一个人所说的话，前后意思有转折，也可以采取这种形式，能够突出前后的对比。比如，“他工作可真卖力啊”，阿强趴在我的耳边说，“就是一点成绩都做不出来”。

第一句话看似是表扬，后一句话才知道其实是在贬低某人，如果采用第一种方式，他趴在我的耳边说："他工作可真卖力啊，就是一点成绩都做不出来。"虽然意思没有变，可是冲击力明显减弱了很多。

有时候在对话的过程中，为了保证对话的流畅性，也可以把说话人的身份省略掉，这种方式一般用在比较密集的对话里。使用这种格式时应注意，必须使读者能够根据说话的语言环境，了解清楚话是谁说的。

年轻干部手里摇着黑色纸扇，上下看了老头一眼，似笑非笑地说："老头，你晓得这是什么花？"

"令箭荷花！"

"原产哪里？"

"原产……原产姑娘家里！"

年轻干部哈哈大笑。

——贾大山《花市》

在这段对话描写中，由于两人对话节奏快，对话频率高，而对话过程中，读者可以根据内容自行判断出说话的对象，就可以把说话人省略掉。

以上是对话中常用的四种形式，采用哪种形式，是根据具体的行文需求和表达重点而定的。在合理运用这几种形式的前提下，对话的描写一定要遵循几条基本的原则。第一个原则就是对话一定是要符合说话人的人物身份，比如，在现实生活中，不同身份的人说话方式肯定是不一样的。

骄傲霸气，声音洪亮——领导

唯唯诺诺，低声下气——下属

脏话连篇素质低下，不顾场合——奴仆

出口成章，逻辑清晰——学者

刚才谈到的身份特征，其实是人物的共性特征，而我们在描写中，还需要突出的是人物的个人特征，也就是个性，这是我们在对话描写中应该遵循的另外一个原则，一个人的性格特点也往往体现在人物对话上，比如：

不假思索语速很快——急躁泼辣

说话慢吞吞——慢性子，做事不慌不忙

说话头头是道，非常有条理——思维活跃逻辑性强

说话充满正能量——刚正不阿

说话时情绪变化很大——不成熟

这些性格特点和人物对话特点，虽然不是百分百吻合，但还是基本相符的，给大家截取一段《水浒传》里武松和潘金莲的对话：

看着武松道："你若有心，吃我这半盏儿残酒。"武松匹手夺过来，趴在地下说道："嫂嫂不要恁的不识羞耻！"把手只一推，争些儿把妇人推了一跤。武松睁起眼来说道："武二是个顶天立地噙齿戴发的男子汉，不是那等败坏风俗伤人伦的猪狗！嫂嫂休要这般不识羞耻，为此等的勾当，倘有风吹草动，我武二眼里认的是嫂嫂，拳头却不认的是嫂嫂！"

——施耐庵《水浒传》

武松刚正不阿，性格暴躁，就在上面的对话中体现了出来。

回忆录中的对话，和生活中的对话是有很大区别的。生活中的对话有很多并无法照搬到文字里。有时候生活场景里的"聊了一个下午"，可能放到文中的却只有其中几句而已，所以对话描写的第三个原则，就是只选择重要的，有意义的对话予以描写。任何的对话描写都是有目的的，如果撤掉对话，对于整个作品没有影响，那就没有必要描写。在描写对话时，不妨先自己跟人物进行对话，问问笔下的人物为什么要说话，他说话的目的是什么。

当然，在对话的描写中，我们应该力求生动，在不同的对话环境里，采用不同的提示语，可以起到这个作用，比如，同样是表达说，在

中国文字里，就有若干的说法用以区分：

喊、叫、呼、吟、读、问、答、训、斥、责、骂、吼、劝、告、评、议、话、赞、论、述、夸、辩、叙、颂、曰。

说话、谈话、讲话、叙述、陈述、复述、申述、说明、声明、讲明、谈论、辩论、议论、讨论、商谈、商量、畅谈、商讨、话语、呓语、梦话、怪话、黑话、谣言、谰言、恶言、狂言。

好说歹说、和颜悦色、胡说八道、能说会道、街谈巷说、口说无凭、论长说短、论今说古、能说会道、能言快说、说长道短、说长话短。

这些提示语，或者增强语气，或者解释身份，或者阐明态度，显然要比通篇一律地采用中性词“说”，要更加丰富，我们来看下面的一组句子：

例1：吉米低头看着地板，嘟囔着：“不关我的事。”

例2：“有一个家伙头顶着一只鸭子进了酒吧。”他嘟囔着，盯着那些药丸。

《红楼梦》第八回：
[黛玉]一面悄悄的推宝玉，叫他赌赌气；一面咕哝说：
“别理那老货，咱们只管乐咱们的。”

萧军《羊·职业》：
“[我]直打了快近半个钟头的门……老头子才咕哝着嘴，把门开了。”

以上句子，如果统一用“说”或者“道”，会减少对话的生动性。

除了对话，为了直接表达作者的情感，回忆录中也会采用独白。独白是指人物无对象式的自言自语，是把人物的内心感情和思想直接倾诉给观众，往往用于人物内心活动中最剧烈最复杂的场面。这种方式是在特定场景、情感最强烈的情况下使用的，不易泛用，否则就会流于空洞和矫情。

本章知识小结

一、回忆录对话的四种形式：

1. 牵羊式

2. 推车式

3. 肩挑式

4. 省略式

二、回忆录对话增色方法：

1. 符合人物身份特征

2. 符合人物性格特征

练习：找到曾经读过的书中的三段对话，从形式、作用和与人物关系三个方面做分析。

Memories

第十七章

回忆录中的情感抒发

很多学员曾经问过我回忆录和自传的区别，两者是非常相近的文体，关于两者的区别也没有一个定论。在我看来，回忆录和自传的区别，是自传更注重记录，而回忆录会有更多的情感表达。每个人之所以要写自己的回忆录，都是因情而起。回忆录的叙述和记录是过程，而情感的抒发是最终的归宿。在回忆录中不管是写人、写事、写物、写景，它的核心还是落在情上面。

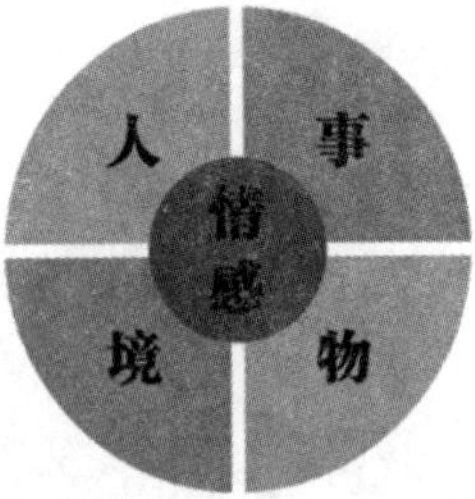

抒情分为直接抒情和间接抒情两种方式，直接抒情就是指直接抒发情感，也就是直抒胸臆。简单来说就是作者在作品中将人物心中的情感直接表现出来，不借助任何外界因素。直接抒情一般简单明了，不讲究委婉含蓄、毫无遮掩。优点是可以直接向读者吐露心迹，吐露衷肠；缺点是过于直接，缺乏一定的含蓄，往往不能引导读者自己找到情感共鸣点。直接抒情有时候是娓娓道来的，倾诉式的，有时候在情感强烈爆发的时候，也会是爆发式的，慷慨激昂的，就像内心在大声地呼喊一样。

比如叶圣陶在他的《五月卅一日急雨中》对反动势力的控诉则不同，是一种爆发式的呈现：

微笑的魔影，漂亮的魔影，惶恐的魔影，我诅咒你们，你们灭绝！你们消亡！你们是拦路的荆棘，你们是伙伴的牵累！你们灭绝，你们消亡。永远不存一丝儿痕迹，永远不存一丝儿痕迹于这块土地！

——叶圣陶《五月卅一日急雨中》

刚才提到过，情感表达的最佳方式，是将情感融入描写过程中，让读者通过文字自己体会喜怒哀乐，自己去理解作者的人生观点和态度，这就是间接抒情，不直接抒发自己的情感，而是把情感寄托在其他事物、人物、环境等其他元素上，间接抒发自己的感情。这种抒情方式往往使用更多，我们也确实很少在回忆录中看到大量的直接抒情，往往一些有经验的作者都采用间接抒情的方式。在叙事的过程中，打动读者，所以间接抒情的第一种方式就是借事抒情，虽然在这样的叙事过程中，作者努力控制自己的情感，冷静地给我们展现事物发生的原貌，但是由于这种描写更具备代入感，所以读者反而会被这样的情感所感染。

巴金在自己的回忆录《随想录》中，抒发对于妻子的怀念和她离世时的悲痛，就是用了相对冷静客观的叙述来进行抒发的：

开刀之后她只活了五天，谁也想不到她会去得这么快！五天里我整天守在病床前，默默地望着她在受苦（我是设身处地感觉到这样的），可是她除了两三次要求搬开床前巨大的氧气筒，三四次表示输血较多，付不出医药费之外，并没有抱怨过什么，见到熟人她常有这样一种表情，请原谅我麻烦了你们。她非常安静，但并未昏睡，始终睁大两只眼睛。眼睛很大，很美、很亮，我望着、望着，好像在望快要燃尽的烛火。我多么想让这对眼睛永远亮下去！我多么害怕她离开我！我甚至愿意为我那十四卷“邪书”受到千刀万剐，只求她能安静地活下去。

——巴金《随想录》

巴金和萧珊是相互扶持的恩爱夫妻，巴金百岁的岁月里，未曾传过一次绯闻，他与妻子萧珊恋爱8年，相伴几十载，是民国大师中少有的婚姻楷模。后来，年仅55岁的萧珊因为直肠癌悄然离世。巴金悲痛不已，有着长达33年的思念爱妻的心路历程。

在失去萧珊的岁月里，巨大的悲伤终日弥漫在巴金的心中，即使如此悲痛，巴金也没有刻意地直接抒发对于萧姗的思念，而是将抒情隐藏在了叙事的背后，让读者自己去体会。

除了通过叙事表达情感以外，抒情也可以同景物描写融合，或触景生情，或寄情于景，使情景紧密结合，达到情景交融的境界。当代著名作家叶蔚林在《风景描写》中说：

文学作品中的任何描写，都不是照相式的再现，风景描写当然也不例外。如果只是孤立地，客观地描写风景，不管你描写得多么真实和细致，也难以动人，关键在于作者必须对风景倾注内心的感情。

——叶蔚林《风景描写》

任何一种景物描写都是作者本身主观心情的折射，在杨本芬的《秋园》里，当描写到秋园和丈夫仁受因时局动荡，风雨飘摇，她和丈夫都感到未来迷茫时，是这样描写江上的景物的：

一九三七年深秋，一艘轮船停泊在汉口码头上等待靠岸。浓雾笼罩着宽阔的江面，看不到江水和天空，也看不到不远处的其他船只，天地之间只剩浓白的雾。远方，小片浓雾深处闪烁着淡白的光亮，那是太阳在照耀，可灼热锐利的阳光亦穿不透浓雾。间或有汽笛鸣响，那声音孤单、凄清，如盲人般在雾中胡乱摸索、碰撞。

——杨本芬《秋园》

这是当时国民政府准备迁都重庆，秋园和丈夫以及5岁的儿子也在其中。丈夫在去重庆还是回家乡探望父亲两个选择中举棋不定，彼时的秋园也是爱莫能助，在这样的心情下，笔下的江景在晨雾笼罩中，映衬着主人公杂乱的心绪，情景之间自然地融合在了一起。

和情景交融比较相似的是借物抒情，在回忆录中，某些事物往往代表了一种象征，像刘若英的《今年桂花不飘香》中，院子里的桂花就是象征了刘若英对于往事、对于公公的思念，透露着一种时过境迁的淡淡的哀伤，而当我们直接去描写人物的时候，更会把我们对于人物的怀念倾注在人物描写的字里行间，可以称为借人抒情，也或者说这种描写本身已经和抒情无法区分了。

现在，我们聊一聊回忆录中的情感本身，和小说不同，回忆录中的情感具有个人化和独特性，它来自具体的个人经历、事件、具体的细节，它是真实的而非虚构的。

陀思妥耶夫斯基有句名言："要爱具体的人，不要总是想着爱抽象的人。"这里所提到的关于情感，和回忆录中的情感是非常切合的，情感同样需要真实地表达和记录，所以我们要写出真正的人的情感，而不是塑造情感。真实的人的情感往往是丰富的，多元的，是复合的而不是单纯的，是立体的而不是平面的。它往往把相似、相对、相反、相成等诸多因素交织在一起，具有广泛多样的特点。即使同一方向的情感，也有非常具体的差别。我们在描写情感时，越能抓到这些细微的变化，就越能够真正地打动读者，因为你描写的是一个真正的、活生生的人的情感。

大家来看，情绪的复杂性的体现：

（1）喜：包括喜爱、喜悦、喜好、喜欢、高兴、快乐等情感；

（2）怒：包括愤怒、恼怒、发怒、怨恨、愤恨等情感；

（3）哀：包括悲伤、悲痛、悲哀、哀怜、哀愁、哀悯、哀怨、哀思等情感；

（4）乐：包括欢乐，身心愉悦、充满幸福等情感；

（5）惊：包括惊诧、惊愕、惊慌、惊悸、惊奇、惊叹、惊喜、惊讶等情感；

（6）恐：包括恐慌、恐惧、害怕、担心、担忧、畏惧等情感；

（7）思：包括思念、想念、思慕等情感。

如果去系统地梳理，这些情感的细分会更丰富，抓住这些情感的区别，并把它表达出来，情感就会变得更加具体和真实。往往越是重要的情感，越是多元和丰富。莫言曾经在《红高粱》里，谈到他对于故乡的感情：

> 我曾经对高密东北乡极端热爱，曾经对高密东北乡极端仇恨。
>
> ——莫言《红高粱》

这种情感不仅仅是丰富的，而且是矛盾的，恋乡、怨乡、爱乡，所有的情感汇织成一张网，笼罩在莫言心头，无法释怀。

> 开始创作以后的几年里，我一直采取回避故乡的态度，写海浪、写山峦、写兵营，但实际上，我在一步步地，不自觉地走回故乡。20年的农村生活，所有的黑暗和苦难，从文学的意义上说，都是上苍对我的恩赐。虽然我身在异乡，但我的精神已回到故乡，我的灵魂生活在对于故乡的记忆里。尽管我骂这个地方，恨这个地方，但我没办法割断与它的联系。生在那里，长在那里，我的根在那里。

尽管我非常恨它，但在潜意识里对它还是有一种眷恋。这种恨，恐怕是因为我一直淹没在这种生活里，深切地感到了这地方的丑恶，受到土地沉重的压抑。所以，我以前反对别人歌颂土地。土地有什么好歌颂的呢？土地多残酷啊？一辈一辈地累弯了我们祖先的腰。实际上，所有的农民都成了土地的奴隶。但一离开故乡，立即产生了一种眷恋，深深地眷恋。故乡是一条永远流动的河，流进了我的血液。

——愚石《春晖》

同时，如果你描写的是真实的情感，那么这种情感又是在变化的，不管是对人、对事还是对物，在不同的人生阶段，感受则完全不同。正如贺知章在《回乡偶书》中的诗句所描写的一样：

少小离家老大回，乡音无改鬓毛衰。
儿童相见不相识，笑问客从何处来。

——贺知章《回乡偶书》

当你阔别故乡多年，重回旧地，面对物是人非，相信每个人都会有一番别样的感慨吧，当我们把这种情感的变化描写出来，感情就会更加深刻。

以上是回忆录中情感的三种特性，独特性、复杂性以及变化性，而这三种特性都是基于我们要真实地去表达。回忆录的真实是需要作者的勇气的，这种真实的程度则取决于自己的内心，你希望将你的人生坦诚到一个什么样的程度，是由自己来决定的。

当然，情感和理性也是分不开的，在情感中加入理性，让情感受理性的引领，可以将写作提升到一个更高的境界。

所以，回忆录不能只有情感，还要在情感后顿悟，这就是你在情感背后所表达的人生态度和观点。

本章知识小结

一、回忆录情感抒发类型：

1. 直接抒情

2. 间接抒情

二、间接抒情的方式：

1. 借事抒情、借景抒情、借人抒情、借物抒情

2. 回忆录中的情感特性

3. 独特性、复杂性、变化性

练习：找到自己回忆录的片段，试着分析在片段里，是如何进行情感的抒发的？

Memories

第十八章

回忆录如何进行修改

"鸟宿池边树，僧敲（推）月下门。"这是著名的苦吟派诗人贾岛在他的一首诗里，对于用字的精雕细琢、反复琢磨，最终在韩愈的帮助下确定用了"敲"字，说明伟大的作品都是需要反复打磨和修改的，回忆录也不例外。

修改就是对初稿进行审查，予以推敲、调整、核实、删改、增补，直至定稿的一种思维活动和行为过程。拉法格在《回忆马克思》一文中说："马克思绝不出版一本没有经他仔细加工和认真琢磨的作品。他不能忍受把未成的东西公之于众的这种思想。"

毛泽东同志对文章的修改也谈过自己的见解："文章完成之后，也不多看几遍，像洗脸之后再照照镜子一样，就马马虎虎地发表出来，其结果'下笔千言，离题万里'，仿佛像个才子，实则到处害人。"在回忆录中，修改的方向主要有以下三点：

（1）背景信息：描写的背景信息是否完整；

（2）文章结构：事件的叙事是否条理清楚、紧扣主题（详略得当）；

（3）基础错误：用词、句法、句意等基本问题。

回忆录文体要求我们尽量对文章的背景、时间、时代等进行比较清楚的交代，来体现事件的真实性，以及发生的合理性，我们来看一个案例：

父亲小学二年级时由姥爷姥姥家回到大寨子村中心小学读书。据《大寨子村村志》记载，明末清初，大寨子村有私塾一处，生源主要以朱姓子弟为主。民国时期，建大寨子村中学、小学，附近几个村的孩子都在此上学读书，一直延续到新中国成立前。学校初小课程设国文、算术、修身等，兼学儒家经典。高小课程设历史、地理、自然、音乐、美工、体育，农村学堂仍学《千字文》，农村应用文《尺牍帖套》等。学校地址设在真武庙内。

——《放弃升学回家种田》

这是作者在回忆录中，关于父亲小时候上学的小学的介绍，介绍了学校的来历、生源、学校的课程内容，等等，最后说到了学校的地址是在真武庙。结合回忆录的写作要求，我们可以发现，真武庙作为学校的地址，它的面积是多大？为什么要在真武庙建学校？它又是什么样的形状？这些信息都是缺失的，相当于学校的环境没有得到介绍。经过和作者的沟通之后，作者也意识到了这一点，于是对文章进行了修改和补充，对于真武庙的信息做了一定的交代：

真武庙何时建立，已无从考究，但是它具有佛家古刹的建筑风格，古色古香雕刻精美的高大门窗，层层叠叠的雕梁画栋，庙堂内宽敞豁亮，面积足有120平方米。作为当时的小学，真的是再合适不过了。

通过对于真武庙的交代（实际就是校园），可以清楚了解学校环境，修正了信息缺失的问题。我们再来看一个案例，试着找一找有没有信息缺失，问题在哪里？

父亲的学习成绩一直不错，小学毕业后，很想继续读书。当时中学都在县城，离大寨子村最近的是连镇中学，约有10里路。父亲约了几个同学一起去连镇中学报考。发榜时，只有父亲一人考中。为此父亲很纠结，又想去上，又担心没伴，一个人会被欺负。父亲征求家里意见，都说算了，多数不赞成去。我爷爷没表态，既没鼓励父亲去，也没说不要去。

我想大家在读原文的时候，都会有这样的疑问，为什么父亲会纠结？为什么家里大多数人都不同意父亲上学？而且爷爷的态度尤其奇怪，既不赞成，也不反对，这也是疑问。在文中的信息交代不完整，比如，作为重要人物，爷爷什么身份，什么职业，有过什么经历，长啥样？而当时家里情况具体怎么样？文中都没有做交代。经过修改和补充，加上以下信息后，整个情节就合理多了：

爷爷在村里算是个文化人，字也写得好，村里各家凡有写写弄弄的都会请爷爷帮忙，爷爷是很想父亲也能多学点文化的，只可惜那时父亲姐妹兄弟7个，而父亲排行老大，家里已经穷得揭不开锅了，父亲年少早熟，知道爷爷的难处，于是就毅然选择了放弃，早早地下地干活，承担家庭的担子了。

我们知道，回忆录的价值主要体现在以下四个方面：

（1）个人性：美好生活的记录；相伴人物的记述；

（2）思想性：对人生的情感体验和思想体现的表达；

（3）时代性、社会性：记录时代中人物的生活方式、时代中的环境、时代中的事物、时代的变化沧桑，产生对时代的记录、对时代的呈现；

（4）历史性：由时代性、社会性产生。

想要做到以上几点，关键是要回忆录真实、合理、有血有肉，同时也要做到相关背景信息的真实呈现，背景信息包括以下几个内容：

（1）事情发生的时代、社会（时代介绍、社会介绍、时代中的人物介绍）；

（2）事情发生的地点、环境（省区市、城村、必要的环境描写、地点中人们的生活情况）；

（3）事情发生时的有关重点人物状况和整体人物情况（家庭情况、截至当时的必要经历和周围的人物关系、人物形象等）；

（4）重点事件的细节（如过年，童年娱乐）。

在回忆录中，这都是我们必须呈现的相关信息。在每个回忆录篇章的开头，在描述过程中，地点时代发生变化的时候，在重要人物出现的时候和重点事件发生的时候，都需要进行必要的信息交代。

完成一篇回忆录章节以后，重新进行审阅，可以先从整体上看文章结构是否合理，也就是行文布局，文章内容的安排问题。检查的重点就是，和主题关联性强的，要详写，关联性差的过渡写。我们还是通过一个案例的解析来看如何进行修改。

原文：

在改革开放以前，东北的冬天，家畜和生产队的牛、马基本是散养。农家肥又是庄稼的好肥料。我们家人口多，父亲一个人根本无力供我们上学，我们必须勤工俭学。三个姐姐上初中之前，每年冬天都要捡两万多斤粪，卖给生产队挣工分，缓解父亲的压力。我更不例外，没上小学之前，我跟三姐稀稀拉拉地捡了两个冬天了。

1963年的冬天，我刚上小学一年级。那是刚刚过完春节的一天，我又和往常一样挎着粪筐扛着铁锹，房前屋后走街串巷捡粪去了。由于捡粪的人太多，我的收获不大，我决定到村外西北地去捡，那里时常有牛、马在地里找干菜叶子吃，一定会捡到牛、马粪的。于是我独自一人来到这片地，在这里来回寻找，我捡了大半筐牛马粪。可是，不知怎么了，我突然产生一种恐惧感——呀！四周白茫茫的一片，除了远处有几匹马在地里找吃的以外，一个人也看不见了！怎么离家这么远了？我的心突然狂跳起来，腿也有些发软，不敢再捡下去了，慌忙挎起筐来跟头把式地往对面的路上奔，一口气跑到路边。那时我还不满8岁，路边的壕沟又深又宽，我无法跨越过去，只好跳进壕沟里，踩着快要没腰深的积雪，使出全身的力气，晃晃悠悠地把粪筐举到了壕沟沿上，又把铁锹撇了上去，然后抓住筐沿往上爬。壕沟太陡了，一次两次我都没有爬上去，刺溜下来的我喘着粗气，稍稍休息了一下，又一次拼尽全身的力气，终于成功地爬上去了。

——《一块光头饼干》

结构一：以上是捡到饼干之前的背景描写和原因描写。

评析：这是对于捡到饼干之前的背景描写和原因描写，在回忆录中是非常有必要交代的，作者在这里写得非常细致。虽然非常精彩，但是毕竟只是事件发生的原因和背景，交代清楚即可，可是原文此部分占了整个内容的接近2/5的篇幅，显然占比太大了，可以做相应修改。

修改后：

1963年的冬天，我刚上小学一年级。那是刚刚过完春节的一天，我又和往常一样挎着粪筐扛着铁锹，房前屋后走街串巷捡粪去了。由于捡粪的人太多，我的收获不大，我决定到村外西北地去捡，不知不觉中我越走越远，心里有些发慌，就赶紧从路边的壕沟爬到了路上。

就在我爬上去的一刹那，我发现路中间有个东西一闪一闪直发光，会是什么呀？看不清！我好奇地走过去，一看，是饼干！我高兴极了！那块饼干比现在的一元钱硬币大一些，饼干上面还粘着一层亮晶晶的小糖粒儿，刚才看到的亮光就是太阳照在糖粒上的反光。饼干，是饼干！它一定又甜又香，但我没有立即捡起来。我想，这饼干怎么会掉在这儿，会不会是坏人放了毒药什么的？但经过我认真地思索和分析，我觉得这饼干不会有毒药，很可能是有人坐在马车上吃东西，不小心掉到地上的。但是，我还是没有去捡，我怕别人看见笑话。我向四周看了一下，确认周围没有人时，才“嗖”地一下把饼干捡了起来。我把饼干放在手里仔细地看看，饼干上面没有任何可疑的地方，而且也不脏。我心想，我今天的运气可真好，要不是因为害怕，怎么会从这里走呢？如果不从这儿走，我上哪儿能捡到这块饼干呢！我把饼干攥得很紧很紧，很怕把它再丢了。

结构二：捡到饼干的场景和心理描写，这是文章中的重点部分，本部分详细描写了作者见到饼干——这是在那个年代极为稀缺的食物，当时那种兴奋、喜悦、忐忑的复杂心情，结构上没有问题。

这时的我早已忘记了害怕，挎着的大半筐粪也好像失去了重量，两腿轻轻、轻快地，一溜烟似的往家走。我手里的这块饼干攥得很紧很紧，很怕把它再丢了。此刻，我高兴极了，路上我好几次想把它咬下一点儿尝尝，可是，我最终没有这样做。因为我想起了姥姥，她年纪大了，应该留给她吃，还有小弟弟，还有比小弟弟更小的小妹妹呢，还是留给他们吧。

结构三：带着饼干回家路上的心理描写，也是没问题的。

一会儿工夫，我就到家了，粪筐都顾不上倒，连筐带锹往粪堆边上一扔，就往屋里跑去。我一边气喘吁吁地将手上的饼干伸出来给姥姥看，一边把我捡到这块饼干的过程兴高采烈地讲了一遍。

结构四：过渡描写，承上启下，能够让读者明白过程即可，也是没有问题的。

原文：

我让姥姥吃，姥姥接到手里看了看说："这是'光头'饼干，给小子（小子是小弟的乳名）吃吧。"正说着，小弟从外面跑进来，他一看是块饼干非常高兴，但小弟一定要等到小妹醒来一块吃。小弟是我家唯一的男孩，备受宠爱，但是，小弟特别懂事儿。这小块饼干虽然我没有尝到一点，可是，我看见小弟和小妹分着吃、都说真好吃的样子，心里更甜更香。

结构五：弟弟妹妹分吃光头饼干的情境描写。

这一段的内容，其实是文章的另一个重点。家人分享饼干的场景，饼干这种美食的滋味，以及当时的心理状态都应该做相对细致的刻画。

修改后：

小弟和小妹小心翼翼地把饼干分成了两半，一人一块手里拿着，他们不舍得吃，而是伸出小舌头，轻轻舔着饼干上的糖粒儿，仅仅这么舔了一下，他俩脸上就流露出了陶醉的表情。他们一点一点地咬着饼干，每一小块饼干都要在嘴里嚼很久，不舍得咽下去。弟弟妹妹真懂事啊，手里举着剩下的小块饼干，跟我们说："太好吃了，好甜啊，姐姐和姥姥也尝尝。"我偷偷地咽了一下口水，轻松地说："姐姐和姥姥不吃，你们吃吧。"看着他俩那么开心和满足，我心里更甜更香了。

结构六：升华，通过时代对比抒发情感。

半个多世纪过去了，我们国家发生了翻天覆地的变化，人们的生活水平有了极大的提高。别说一块儿光头小饼干，面对琳琅满目的食品，孩子们也不一定很兴奋。捡一块小饼干，能高兴到如此地步的年代，一去不复返了。

我们把对于结构的分析和修改，直接放到了文章中间，相信读者看完能够明白，当自己完成一段文字后，如何从结构的角度进行检查和修改了。

做回忆录检查的时候还可以发现一些基本问题和基础错误，主要体现在字、词、句以及标点符号上，像错别字、用词不当、语句语病、标点符号这些问题，有的是因为粗心大意造成的，有的是因为语文基础的问题。有个普遍的现象就是，很多同学在一开始的时候，基础性问题会比较多，随着写作的深入，在编辑老师的帮助和修改下，这些问题会得到极大的改善。

本章知识小结

一、回忆录修改的方向和具体方法

练习：找到自己的一篇习作，按照本节的方法进行修改。

Memories

后　记

本书的内容可以概括为四个部分：

（1）回忆录的认知；

（2）回忆录的架构和节奏；

（3）回忆录的关键要素描写；

（4）回忆录的检查和修改。

这些内容基本上和我的系列课程是一致的，书中所采用的一些案例大部分是从课件中提取的，所以我在撰写此书的时候，难免会拿来和课程做一些比较。我发现语言的交流和互动比单纯的文字输出要丰富很多，效果也会更好，所以在本书的写作过程中，我会经常陷入一种自我怀疑的状态，忍不住问自己："这本书究竟能否给读者带来实质性的帮助？"

这种自我怀疑延迟了这本书的进度，当一个人对于所做事情的价值产生怀疑的时候，那么做这件事情的动力就会大大减弱。我甚至曾经一度有过放弃写作这本书的念头，也曾经把我的这种纠结和痛苦分享给我的学员，不料他们却不约而同地支持我，催促我尽快完成，并且告诉我他们非常需要这本书。最终，我得出的答案是：课程上可能会交流得更细致，可是书籍会让他们的学习更自由，他们随时就可以翻看、查找自己想要的知识。在这样的鼓励下，我终于完成了此书，虽然这本书远远不能达到让自己满意的程度，但就像我经常和我的学员说的一句话："能够完成本身就是一种成功。"

我的梦想是让每个人都能拥有属于自己的时代记忆，从这个初心来看，这本书也有它的价值和意义。作为书籍，它可能比课堂的传播性更强，学习成本更低，那么能让更多的人看到这本书，从中了解回忆录写作的基本知识，或者真正去理解回忆录这件事情，也是一件令人快慰的事情了。回忆录的写作并不是一件轻松的事情，它不可能一蹴而就，它需要我们做好充足的准备，以及养成良好的写作习惯。每个人都不能短时间内成为一名专业作家，但是学会去将一个个发生在自己身边的真实故事，把自己的情感通过文字表达和传递，是可以通过学习和练习快速实现的。

每个学员的基础不同，文字风格也不一样，有的同学的文笔自然流畅，令我也望尘莫及，这些同学往往成书速度很快。另外有些同学基础不太好，写作经验欠缺，这些同学就需要更细致一点的服务，令我欣喜的是，能够看到这些同学在写作过程中非常明显的进步。确实有些同学一开始的时候，错别字、语法、单句表达这样的基本错误也很多。但是慢慢地，我发现，他们在写作过程中得到了非常快速的提升。世界上最好的友谊就是一同为了达成某个目标而努力，我很幸运，我的团队的小伙伴也很幸运，我们和那么多朋友一起完成了属于他自己的回忆录，当我拿到朋友们赠送给我的书籍的时候，我视如珍宝。

这个过程中，非常让我痛苦的事情，就是个性化的服务和共性服务的问题。客观来说，大多数学员要完成这本书，非常需要一对一的个性化服务，所以我们推出了"陪写"这样一个服务内容。我们会安排专业的编辑老师，一对一地帮助学员做写作计划，进行素材梳理和优化，确定书籍的目录和大纲，逐字逐句找到书中的一些表达问题，也会和学员讨论内容的优化和提升方案，解答学员在写作过程中随时存在的问题。这样的陪写给学员写作带来了非常具体的帮助，在帮助学员完成回忆录的过程中起到了非常重要的作用。

但是一对一的个性化服务，对于人力的要求是非常高的，我们需要专业的编辑老师，同时又要具备良好的沟通能力，这样的团队伙伴需要寻找，更需要培养，这种精细化的服务模式其实也是不利于项目的扩展的。另外，一对一的服务模式也增加了学员们的学习成本，收费门槛的升高会把一部分经济基础比较差的学员隔离在外，这也违背了我们的初衷。这是非常矛盾的问题，需要找到一个平衡点，也希望这本书能够起到一些作用。

回忆录对于一个普通人来说，到底意味着什么？可能每个人的感受都不同，有的人把它当作一种传承，有的人把它当作自己人生的总结，还有的人把它当作一种生命的仪式。无论怎样，回忆录的写作完成是一个从0到1的过程，即使我们写的都是已经发生过的真实事件，但是它依然是一个再创作的过程，当你真正开始去写，去创作，你可能才能真正体会到它给你带来的价值。曾经有一位学员，来到办公室拜访我，他非常激动地和我分享他的创作经历，他在写作过程中，常常会让自己热泪盈眶，甚至管不住自己的笔，本来计划写1000字的稿子，竟然一发不可收，写了1万多字。当然，情感是热烈的，写作是理性的，但是，在人生的某个阶段，主动去回顾这一生，重历那一切美好和遗憾，这本身不就是最大的意义吗？

最后，再次祝愿每一位读者，每一位普通的热爱生命的朋友，都能拥有一本属于自己的回忆录！

Memories

附　北京故事

2023年6月的一天，我忽然接到了一个来自北京的陌生电话。

对方非常礼貌地介绍说，自己是中央电视台《信用中国》栏目组的导演，想对我做一个电话访问，了解回忆录项目的一些进展和规划。我当时正在开会，加上觉得这是不可能发生的事情，因为我们当时是一个只有几十人的团队，我做的这件事情，甚至我的很多亲友都不知道。对方作为中国最具权威的媒体，做的都是宏大叙事，采访的都是重量级嘉宾，怎么会和我扯上关系？所以我客气了几句以后，就准备挂断电话了。

可是对方很真诚地和我约时间，再做一次沟通。于是我们约定第二天上午10点钟，再打电话沟通。

第二通电话，让我开始对这件事情重视了起来，张导仔细询问我项目是如何开始的，当前的发展状况，以及未来规划。我发现他对于这件事情有着极大的热情，我之所以能够接到他的电话，其实是因为栏目组发现了回忆录的社会价值和意义，而我，恰恰是做了这件事情而已。随后，我们约定了一周后在北京见面。

在央视的演播大厅，我第一次见到了董倩老师，说是见到，其实只是隔着演播室大厅远远地观望而已。她正在和一位创业嘉宾做访谈，人看着比屏幕上更加瘦削，神情严肃而专注，偶尔会用手扶一下眼镜。偌大的演播室里，只有她和嘉宾两个人，现场导演和摄像离他们很远，整个演播室给人一种空荡荡的感觉。

其实那天我们很快就敲定了访谈的事情，因为栏目组主要是看我们提供的资质，在我去之前，栏目组已经对我们的背景进行了详尽的调查。虽然我有一点敬畏董倩老师的严肃，但是显然对于回忆录这个项目而言，董倩老师做采访者是最适合的，于是我们和导演商量，只要董倩老师时间允许，就由董倩老师来采访我！访问排期初步安排在7月份，可是直到8月，我才接到了正式通知，我的访谈安排到了8月15日上午10点钟，我带着两个小伙伴，提前一天赶到北京，住在了离演播厅不远的一个酒店。

其实访谈前我的整个状态都是紧绷的，我不断地和小伙伴们开玩笑，和导演聊天，甚至在给我做化妆的小姑娘说我发质比较硬的时候，我还自我调侃地说："是啊，我的头发都紧张得竖起来了。"

演播厅的工作人员都在忙碌着各自的工作，我看到董倩老师已经从后台往外走，导演感受到我的紧张，用手轻轻拍了一下我的背，示意我可以上去了。我深深地吸了一口气，故作镇定地往台上走。

董倩老师很自然地跟我打了招呼，示意我坐在自己的位置上，椅子有点高，需要脚下垫个台子才能坐上去，这导致我更加无法松弛，整个身体都是僵的。

董倩老师熟练地整理衣服，打开采访稿，然后对我笑了一下。

我当时真切地感受到，这个微笑不是工作上那种职业化的笑，而是一种发自内心的、生活上的真诚的微笑，这个微笑里面包含了鼓励，包含了关怀，这和她在屏幕上给我的固有印象大相径庭。职业的微笑会让人觉得疏远，真诚的微笑则会迅速拉近彼此的距离，而当时给我的感觉就是如沐春风。

接下来的访谈非常顺利，董倩老师的专业让我佩服得五体投地。在她的引导下，我慢慢地放松了下来，我们聊到了为什么要做这件事，聊到了回忆录的价值，聊到了回忆录对于普通人意味着什么？聊到回忆录对于这个社会意味着什么？她总能启发我打开话题，而又在我思绪飘远的时候巧妙地把话题拉回来。我觉得她把专业和真诚自然地融合在了一起，我忘记了上台前和导演对的访谈稿，也忘记了在这之前准备了一遍遍的腹稿，以一种完全本色的状态在对话。

聊着聊着，她忽然问了我一个采访框架里没有的并且没有任何铺垫的问题，我相信她也是即兴的。

“这个项目能赚到钱吗？”

我意识到这个问题背后其实有连锁的一系列问题，这个项目能否赚钱取决于是否有足够多的人有这个需求，能否赚钱决定了这个项目能否长久地生存，能否赚钱也决定了这个项目能否得到很好的推广。

“现在是不赚钱的。”我老老实实地回答。

“那你准备怎么赚钱？”她继续追问，我想这是她的一种职业习惯，就是深挖问题的本质。但是我也愿意相信这是她对于这个项目的一种担心，因为我能感受到她对于这个项目的认可。但是这个问题我确实没有从商业化的角度去认真地做过规划，我只能从市场需求、市场容量这种比较宽泛的角度做了笼统的回答。

“你会怎么对待你的竞争对手？”

这个问题背后其实又隐藏了很多内容，我的回答是：

“我知道自己的力量微不足道，也不奢求做所谓的行业老大，但是如果能因为我的项目，让更多的人参与进来，共同把这件事情做大，把回忆录普及，这也是我的一种成就。”

董倩是学历史的，她也谈了她的思考，她认为如果这件事真的普及，当后人能有这么真实的普通人的关于时代的记录和思索，这对于历史也是一笔非常宝贵的财富，她对回忆录的价值做了升华！

访谈结束，我们照例拍照留念。让我有点意外的是，她低声要了我一个电话，我想，这应该不是节目流程的安排，而是她个人忽然闪出来的一个念头。